아직도 그리움을 하십니까

시작시인선 0204 아직도 그리움을 하십니까

1판 1쇄 펴낸날 2016년 6월 24일
지은이 김왕노
펴낸이 이재무
책임편집 김연필
디자인 이영은
펴낸곳 (주)천년의시작
등록번호 제301-2012-033호
등록일자 2006년 1월 10일
주소 (04618) 서울시 중구 동호로27길 30, 413호(묵정동, 대학문화원)
전화 02-723-8668
팩스 02-723-8630
홈페이지 www.poempoem.com
이메일 poemsijak@hanmail.net

ISBN 978-89-6021-274-9 04810
978-89-6021-069-1 04810(세트)

값 9,000원

*이 책의 국립중앙도서관 출판시도서목록(CIP)은 서지정보유통지원시스템 홈페이지(http://seoji.nl.go.kr)와 국가자료공동목록시스템(http://www.nl.go.kr/kolisnet)에서 이용하실 수 있습니다.(CIP 제어번호: CIP2016014897)
*이 책은 경기문화재단 창작지원으로 발간했습니다.

아직도 그리움을 하십니까

김왕노

천년의
시작

시인의 말

세상이 참 나로 인해 많이 더럽혀졌다.
그 더러움을 닦을 자는 결자해지라
나밖에 없다.
내가 닦을 수 있는 방법으로 찾은 것이
나의 시다.
오늘도 견디지 못해 발기해 꺼덕이는
정신으로 여기저기 남기는 얼룩들
나는 또 열심히 시에 매달릴 수밖에 없다.

차례

제2부

제3부

제4부

제5부

해설

제1부

야행성

밤이면 눈빛이 살아나지만
살아야 하므로 낮에 정신이 멀쩡한 듯하지만
난 속일 수 없는 야행성입니다. 별이 향기롭고 어둠이 신선하고
한번쯤 물어뜯어야 할 사랑의 목덜미를 그리워하는 동물
나는 양의 탈을 쓰고 해 저물도록 밤을 그리워하는
야행성 동물 한 마리입니다.
밤이면 부활하는 내 안의 검은 피톨을 잠재울 수 없습니다.
난 야행성, 흡혈의 밤이 아니더라도 종일 밤이 그립습니다.
밤이어야 다소곳이 고개 숙인 꽃의 목덜미가 그립습니다.

난류성 남자

남자는 다 난류성이다. 뜨거운 오줌발로 피마자 잎을 적시지 않아도

오줌보 가득 차오르는 뜨거운 오줌이 아니더라도 남자는 다 난류다.

차가운 여자의 가슴 깊이 끝없이 밀려들어 가는 남자, 남자는 다 난류성이다.

오징어, 멸치, 정어리, 고등어, 갈치, 해파리, 가다랭이 · 참다랭이, 청새치

상어, 방어, 게레치, 삼치, 조기, 감성돔, 진주조개, 홍민어, 독돔, 도도바리

상날치, 붉은 가라지, 선홍치, 볼락, 점감펭, 쌍동가리, 동갈삼치, 눈퉁멸,

날치, 백새치, 청새치, 상어가오리 같은 난류성 어족의 꿈을 가지고 한류성

여자와 섞이려는 남자다. 차가운 한류성 여자에게 끝없이 몰려가는 남자다.

힘이 부쳐 한류에 섞여 존재가 사라지더라도 남자는 난류성 남자다.

북해도 찬물에 휩쓸려 사라지더라도 뜨겁게 여자의 가슴 속으로 회유하고

싶은 이 세상 모든 남자는 다 난류, 난류성 남자다.

너 만나러 왔다 가는 생

나의 생이란 너 만나러 왔다 가는 생이라 하자, 꽃도 별도 아니고
밤도 새벽도 아니고 전갈도 거미도 인어도 아니고 너 만나러 왔다 가는
생이라 하자. 너를 마주치지 못해서 허무의 포말, 신기루 같아도
네 이름을 부르며 자위하는 밤이어도 다 너 만나러 왔다 가는 일
나의 생이란 여름 소낙비도 아니고 소쩍새 울음도 물총새 울음도 아닌
너 만나러 왔다 가는 생이라 하자. 만나러 가다가 마주치는
고목뿌리까지 뽑는 태풍, 지상의 모든 간판을 휘날릴 것 같은 태풍도
총성이 다슬기처럼 귀에 다닥다닥 붙던 5월도 만나지만 정말
만난다는 것은 나를 한 보따리 짐으로 싸 너 만나러 왔다 가는 것
전생의 기억마저 말처럼 몰아 너 만나러 왔다 가는 생이라 하자

허탕 쳐 뒤돌아서 가는 것조차 다 너 만나러 왔다 가는 길

목숨 수없이 갈아 신으며 온 이번 생은 너 만나러 왔다가는 생이라 하자.

멸치가 돌아오는 바다

봄 바다가 쑥 냄새를 풍기는 날
유자망이니 안강망 정치망이니 멸치잡이니
그 무엇도 두려워하지 않고 은빛 비늘 반짝이며
멸치가 돌아온다. 큰 바다도 돌아오는 어족의 몫
세세멸치, 다시멸치, 은멸치, 마른 멸치, 볶음멸치로
그들이 반찬으로 오를 세상으로 가기 위해
대대손손 온다. 멸치가 온다. 좌익으로 우익으로
바다의 옆구리를 끝없이 치며 멸치가 온다.
파닥이며 온 몸으로 파닥거리면서
육식성 물고기들의 만찬장으로 바다를 펼치며
뼈대가 약하나 뒷심이 강한 믿음으로
보라, 물의 살을 저미고 저미는 바다의 은장도로
섬을 휘감으며 물미역을 스치면서 그들이 온다.
멸치의 저 작은 입으로 저 작은 눈으로도
한 치의 오차 없이 세상을 읽으며 온다.
멸치 김 선생, 멸치 박사 오광훈, 멸치 홍씨로
그물을 터질 듯이 채우며 만선으로 배가 뒤집히도록
멸치가, 겨울 깊은 바다의 불씨였던 멸치가 온다.
생명의 은빛 불길로 끝없이 번져서 온다.
봄 바다를 펄펄 지피며 저기 멸치 떼가 온다.

북관에 가서

나는 북관이 어딘지 모르지만
찔레 숲 지나면서 바지가 찢어지고
국경을 넘다가 총알이 뒤에 박혀도
산새 소리 쫓다 길을 잃어도 북관에 가고 싶다.

북관은 정글 만리인가, 북관의 밤하늘은 너무 깊고
별들이 아득해도 어느 별에서 개 짖는 소리 들리고
그럴 때마다 북관의 여인숙 마당에 감꽃이 지고
북관의 기다림은 호롱불로 맑을 것이다.

내 떫은 사랑을 익힐 북관은 어디 있는가.
몇 량의 그리움을 달고 몇 날 며칠 철거덕거리다 보면
저녁 밥 짓는 연기 피어오르는 북관의 거리인가.
백년손님을 반기듯 넘어질 듯 뛰어올 북관의 처녀는

대체 북관은 어디 있는가. 이역만리 열하에 있는가.
뛰는 가슴으로 그리웠던 이의 옷을 소리 없이 벗기고서
정박의 닻을 내릴 북관의 밤은 어디서 흐르는가.
서러운 모가지를 들고 어디쯤 가야 대체 북관이냐.

은하수 당신

참 먼 당신, 멀어서 멀지 않는 당신
부르면 대답 없으나 대답 없으므로 더 다정한 당신
은하수 당신, 은수저 같은 당신, 은장도 같은 당신
너무 멀어 멀지 않는 당신, 멀므로 내 잠 속에 와
흐르는 당신, 내 꿈 속에 흐르는 당신, 뜨거운
물길 내면서 내게 흐르는 당신, 너무 멀므로
유장하게 흐르는 당신, 내 가슴의 둑을 때리면서
격렬하게 흐르는 당신, 은하수 당신, 은하, 은미
은영, 은순, 은자를 생각나게 하는 살 냄새
부드러운 은하수 당신, 내 생의 왼편에서 흐르는
은하수 당신, 왼편에 흐르므로 좌익으로 이끄는
당신, 참 먼 당신, 너무 멀어 멀지 않는 당신
밤새 내 안에 흐르다가 별 냄새만 남기고
사라지는 당신, 은하수 당신, 은어 같은 당신
순은 같은 당신, 참 가까운 당신, 가까워 먼 당신

목포에서

1

사공의 뱃노래를 기다리자고 했다.
언젠가 금어기가 끝나고
만선의 바다가 찾아들면 들려올 노래
사공의 노래나 기다리면서
속이 꽉 찬 석화처럼 되자고 했다.
삼학도 바다 깊이 스며드는
사공의 노래가 들려오고
목포의 사랑이니 목포의 눈물이니
이야기 들리면 유달산에 겁 없이
봄이 들이닥치면 세상에 그물을 내려
세상의 잡것들 사그리 잡아 올려
분쇄기로 갈아 양어장 먹이나
가축 사료나 만들자고
도화원 결의 같이 손가락 걸면서
녹슨 장총의 총구 같은 마음을 닦으며
사공의 뱃노래나 기다리자고 했다.

2

부두의 새아씨 옷자락이 아롱 젖도록 기다리자 했다.

이별의 눈물이나 목포의 설움을 노래하면서
흑산도 홍어 살이 찌도록 기다리자고 했다.
캄캄한 물 안의 소식을 모르듯 세상 소식을 모르는
가는귀로 까막눈으로 목포 갈매기 울음이나
술잔 가득 부어 마시며
목포에 비 내리니 전방에도 내리는 비를 생각하면서
이난영을 그리워하면서
부르고 불러도 목포의 눈물은 마르지 않는데
목포의 겨울날에 푸른 인동초를 생각하면서
사리 때처럼 깊이 들어왔다가 멀리 밀려나는 겨울 꿈에
시린 손끝 담금질해 언젠가 수난의 페이지 다 넘기고
유달산 달빛이니 햇살이 넘쳐나는 태평성대의 노래
그런 가사 하나 멋들어지게 만들면서
부두의 새아씨 옷자락이 아롱 젖도록 기다리자 했다.

3

삼백 년 원한 품은 노적봉 밑에 완연한 님 자취나
애달픈 정조를 보면서 기다리자 했다.
삼백 년보다는 더 오래 수천 개의 여가 나타났다가
사라지는 동안 기다리자 했다. 기다림이 김으로 파래로

끝없이 바닷물에 일렁이며 그리움을 부채질해도
영산강을 안는 유달산 바람같이 터줏대감으로
님 그려 우는 마음 목포의 노래나 부르면서 기다리자 했다.
유달산 앞바다를 오가는 쑥빛 봄 바다에
갓 지은 죄라도 씻어 내며 참회의 두 손 모으며 기다리자 했다.
태풍으로 물밑이 확 까뒤집어져야 씨알 굵은 조개가
바다에 들듯 세상 까뒤집고 씨알 좋은 꿈이
다시 자라기 시작할 때까지 가끔은 젓가락 장단으로
해조곡도 부르면서 기다리자 했다.
쑥대머리로 슬픔이라도 완창하면
절망도 멀어지는 썰물이 아니냐며 조금 때면 여기저기 들리는 절구질 소리로
포구의 밤은 깊어가지 않느냐며 기다리자 했다.

4

조각달 흘러가는 깊은 밤에 옛 상처가 아파 오나
님이 못 오면 이 마음도 보내면서
절개로 맺은 항구의 사랑
목포의 사랑이나 부르면서 기다리자 했다.

우레처럼 북진해 갈 천군만마의 말발굽소리 들릴 때까지
기다리자 했다.
고부나 삼례에서 새파랗게 깎은 죽창을 꼬나들고
개벽의 아침이 올 때까지 기다리자 했다.

우물 안 사내

우물 안 그 사내가 나인 줄 몰랐습니다.
가을 하늘과 함께 우물 안을 들여다보던 사내가
가을 새보다 서러운 나라는 사실을 몰랐습니다.
가난한 어깨에 슬픔이 구름처럼 피어나던 사내
빤히 내려다보았으면서도 나인 줄 몰랐습니다.
세상 밖 누군가 그립다 소리쳐 부르지 못하는
소심한 나인 줄 내가 보면서도 몰랐습니다.
좌정관천 하는 개구리나 마법이 풀리면
왕자가 되는 그런 희망도 가지지 못하는 사내
나보다 더 불쌍하고 가망이 없어 보이던 사내
철철 길어 쌀뜨물처럼 멀리 흘려보내고 싶던 사내
우물 안 수면에 판박이로 박혀 현실도피 중인 사내
가다가 불쌍하다 여겨져 되돌아와 보던 사내가
나라는 사실을 눈곱만큼도 눈치채지 못했습니다.
집으로 돌아와 누워 곰곰이 생각하면 떠오르는
삶에 지쳐 꽃잎처럼 우물 속에 둥둥 떠다니던 사내
6 · 25 때 우물 안에 빠뜨려진 것 같던 사내
가을 쓸쓸한 우물 안에 홀로 버려두고 온 사내
그 사내가 나라는 사실을 전혀 몰랐습니다.

그리운 파락호

고향에 돌아오면 난봉꾼 아버지의 이야기는 거름 터 옆에 자라는
개똥참외보다 더 시퍼렇다. 몇만 평 땅을 이뤄 보리밭으로 끝없이 물결치기도 한다.
근동에 지금도 아버지 이야기 없는 술판은 없다.
아버지 이야기는 고향 구석구석에서 잘 살고 있다.

아버지 이야기는 육 척 장신보다 키가 커 수령 몇백 년 된 나무
가지 떡 벌어지고 이파리가 무성한 동구 밖 고목으로 자라
수십 평 그늘을 땅에 내리고 수십 마리 말매미가 뜨겁게 울고
밤에는 소쩍새가 깃들어 소쩍소쩍 우는 통에
분이 누나 군대 간 애인 생각나 눈이 퉁퉁 붓도록 울었다고 한다.
해는 고목의 힘찬 광합성 작용에 신이 나 수천 톤 햇살을 쏟아부었다.
삼투압현상을 따라 고목 옆 천년 우물물도 고목 꼭대기까지 차오른다.

아버지가 먼 타관 공사판의 기술자로 떠나 집을 비운 어느 날 저녁

아버지가 보고 싶어 일본서 아버지를 수소문해 찾아온

초로의 신사가 들려준 말, 아버지가 일본서 왜놈 기술고등학교에 다닐 때 일본 생도들이 있는 데도 학교 생도 대장이 되어 조선인 학생 괴롭히는 일본 생도들을 작살내어 어느 일본 선생도 일본 생도도 조선인 학생 못 괴롭히게 한 강짜 있고 똑똑한 독종이었다는 이야기, 들려주고 가셨다. 아버지 집에 돌아오셨을 때 초로의 신사가 아버지를 찾아갔는지 묻지 않았고 아버지도 일본서 어떤 일을 했는지 돌아가실 때까지 한마디 들려주시지 않았다.

나도 내가 들은 이야기 형제나 어떤 사람에게 지금껏 말하지 않았다. 아버지 난봉가 신나게 부르며 술판으로 난봉질로 세상 잊은 듯 사셨지만 말년엔 굽은 허리로 세상 등지고 앉아 사셨지만 아버지 나를 불러 앉혀 놓고 왜의 정벌과 북벌은 민족의 대과제라

형형한 눈빛으로 말할 때 왜소한 체구로 일본 놈을 단 주먹에 날린 무용담

초로의 신사에게나 들은 무용담 아버지 입으로 직접 들려달라 조르고 싶었다.

나도 종마인 아버지가 낳은 망아지, 나도 아버지처럼 북별의 말 달리자고

동네가 쩌렁쩌렁 울리도록 고함치고 싶었다.

지리적 위치 관계적 위치로 반도는 외침과 강대국의 간섭을 많이 받는 곳에

자리 잡았다지만 역으로 동방의 등불이 되어 동방을 밝혀야 할 위치라는 것 좁은 소견을 피력하면서 집안 돈, 뼈 빠지게 번 돈 계집질로 아랫사람에게 펑펑 주어버렸던 아버지였으나 끝내 아버지가 내세우던 북벌론에 따라 나도 천군만마를 키우는 꿈이라도 밤마다 꾸어야겠다. 아버지 유품을 정리하다가 찾은 그 많은 돈의 진실은 북별을 위한

비자금이었음을 알아야겠다.

척왜, 척왜 외치는 동해안 파도 소리와

북벌론의 정당성에 대해 상소문이라도 끝없이 올려야겠다.

말갈기 세우듯 마음의 갈기 세우며 살아야겠다.

작년 태풍에 고목으로 자라던 아버지 이야기가 뿌리째 뽑히고 가지 뚝 부러져 야단나고

몇만 평 아버지 이야기가 쑥대밭이 되었지만 아버지 이야기 가슴에 옮겨 심어

불멸의 나무 한 그루 수천수만 평 그늘을
세상에 드리우는 거창한 나무 한 그루로 키우려 한다.

성황당

나는 몇 번이나
그곳으로 가서 치성을 드렸던가.
물봉선화 잦은 기침 소리를 들으면서
고개를 넘다가
숨이 차오르면 닿는 그곳에
가슴에 비밀로 감춰둔 이름을
입안에 굴리다가 돌을 던지면서
제발 그 사람과 나에게
사랑을 점지해 달라고 했던가.
열렬히 그 누군가를 사랑하기는 했던가.
소쩍새 울음 낭자한 그곳
여우비 내리는 날에 찾아가던 곳
바짓가랑이에 이슬 묻혀 찾아가던 곳
산 도적처럼 저물녘에 찾던 곳
세월은 성황당 고개를 넘어서 가고
내 그리움도 성황당 고개를 넘어
짝 잃은 너구리처럼 고개를 넘어
첩첩 사랑에게 가기는 했던가.
정말 그런 사랑 했던가.

주둔지의 노래

이제 다시 피어나라. 짓밟혀 지던 꽃잎
금이야, 숙아, 선아, 자야, 란아, 순아, 민아
너희들이 피 흘린 자국마다 봄이 와
봄을 못 견뎌 여기도 꽃 저기에도 꽃
꽃 시절 철없이 와 꽃들만 희희낙락하는데

복장을 쥐어뜯으며 통곡하면 피어날라나
금이야, 숙아, 선아, 자야, 란아, 순아, 민아
우리의 꽃들아, 비가 올라나 눈이 올라나
억수장마 질라나 아우라지, 아우라지 부르며
기다린 것은 태평성대보다 더 기다렸던
금이야, 숙아, 선아, 자야, 란아, 순아 오라

이제 다시 피어나라. 너희가 피지 않으면
흐르는 개울물이 뭐 즐거우랴.
갈아엎는 논밭이며 움트는 버들강아지가
무슨 의미며 한가로운 소 울음은
얼음장 쩡쩡 우는 얼음공화국의 골짜기서
밤새 기다린 것은 너희들의 꽃 걸음 소리

구비 구비 첩첩 산허리 허리 돌아서
다시 소꿉장난 같은 꽃 살림살이 차리러 오라
너희들이 꽃으로 질 때 낫 한 번 새파랗게 갈고
죽창 한 번 새파랗게 깎지 않아 부끄러운데
금이야, 숙아, 선아, 자야, 란아, 순아, 민아
낫같이 죽창같이 새파란 것이 그리움인데

백 년의 사랑

첫눈에도 가지가 부러지는 나무가 있는 백 년의 숲으로 가자
화로에 밤을 굽지 않아도 먼 곳에서 산짐승 울지 않아도
반백 년 살아버린 얼굴로 마주 앉아
마음의 한 수 두 수를 놓으면서 사랑의 바둑을 두자
궁지에 몰려도 석패를 하더라도 사랑 안에서 지고 이기는 일이니
뭐가 안타까우랴. 별을 좋아하는 당신과 해를 좋아하는 나와
마주 앉아도 일월의 이야기로 우리의 밤은 사랑으로 깊어간다.
서로를 향해 사랑의 시위를 당겨 청춘의 숨통을 끊어놓더라도
뭐가 아프고 뭐가 슬프고 못 견디도록 뭐가 후회스러우랴.
백 년 숲으로 가서 적설의 양만큼 백 년 사랑으로 깊어가며
때로는 백 년의 사랑이란 말 앞에서 서럽도록 울어보자
천년도 만년도 아닌 초라한 백 년의 사랑 앞이지만
이 세상 처음이자 마지막 사랑일 수밖에 없으니 울어보자

마방자리

밤하늘을 자세히 보면
별자리 중 마방자리 하나 새로 생겼을 것이다.
작년 우레 속에서 아버지 목소리 들었으므로
하늘 가득 울려 퍼지던 말을 부르던 아버지 목소리
저승 가서 난봉가 부르며 사시는 줄 알았는데
저승서도 참대 같이 자라는 아버지 꿈
북별을 이루려는 아버지 꿈으로
아버지는 스스로 저승 어디 마방 지으시고
말을 먹이시는 눈치이다.
어쩌다 잠 속에 현몽하신 아버지 모습
저승서 아무 일 없다는 듯이 말끔했지만
아버지에게서 나는 구수한 말똥 냄새는 속일 수 없었다.
아버지는 아버지의 꿈이자 자식의 꿈 이루려고
마방자리 어느 별에서 오늘 밤도
호롱불 아래서 말굽을 홀로 갈고 계실 것이다.

장미별을 위하여

우리 함부로 아무데서나 사랑하지 말자
꽃의 리듬으로 꽃의 가슴으로
꽃의 눈동자로 꽃의 호흡으로 하지 말자
우리가 사랑할 때마다 장미가 피어나므로
우리의 사랑으로 장미별이 될
순은의 별이 안드로메다의 하늘에 있으므로
아직 우리가 걸어서 그 별에 이르리라는
푸른 희망이 강둑을 넘어서 번져오므로
우리가 사랑할 때마다 장미가 피어나서
백만 송이에서 더 더 더 장미가 피어나므로
우리가 우리의 장미별에 이를 때까지
우리 함부로 아무데서나 사랑하지 말자
아직은 장미의 리듬으로 장미의 가슴으로
장미의 눈동자로 호흡으로 사랑하지 말자.

제2부

태양과 팔월과 나와

팔월이 오면 태양이 팔월에서 내립니다.
땅강아지 푸른 울음과 이슬 바짓가랑이에 매달리는
여름 새벽과 함께 내립니다.
나도 팔월의 사내, 사지를 사방으로 뻗으면서
광합성으로 수천수만 톤 햇살이 쏟아지기 기다립니다.
내 왕성한 생명력으로 누군가를 사랑해야 하기에
연착하지 않고 오는 팔월과 팔월에서 내리는
불타는 태양을 기다립니다.
팔월에서 내리는 물총새 울음 푸른 태양을 기다립니다.
어둠을 화형 하는 정의의 태양을 기다립니다.

여름은 참으로 위대했다는 말은 태양이 가슴에 새겨주는
뜨거운 문장이기에 팔월의 태양을 기다립니다.
할아버지와 할머니의 뼈 마디마디마다 달맞이 꽃
환히 켜주고 멀어져 갈 팔월의 태양을 기다립니다.

논물

물꼬를 틀자 밤새 우황 앓던 소 울음이 흘러든다.
밤새 콜록거리던 환절기의 밤이 논 가득 흘러든다.
흘러든 것은 물 첩첩 고요로 가지만
경칩이가 다지고 삭여 그 위에 울음을 쏟아 붓는다.
논물 가득 울음의 씨줄과 날줄로 물을 촘촘히 다져
그 아래 논바닥 줄줄이 쏟아내는 경칩이 알
울음의 사서삼경 다 뗀 경칩이 울음 속에 낳는 알
봄밤을 솥으로 펄펄 끓인 경침이 울음 속에 낳는 알은
쇠젓가락으로 명검으로도 벨 수 없는 생명의 질긴 끈
부화되면 풀꽃을 아지랑이를 종달새를 날릴 알들
물꼬를 트자 봄밤 용두질한 뒷물도 철철 흘러든다.

광야

꿈이 닫혔다고 해서 광야가 닫혔다고 생각하지 마라
그 광야에서 새벽닭 울음소리 메아리치면서
풀잎 끝에 매달린 이슬방울 톡 톡 톡 떨어뜨린다.
이슬에 바짓가랑이가 젖은 초인도 있어 기지개를 켜며 온다.
광야로 백년손님을 맞이하듯 넘어질 듯 달려 나가면
먼 사랑도 밤새 발끝에 종달새 날리며 달려오고 있다.
꿈이 사라졌다고 해서 광야가 사라진 것은 분명 아니라
한낮에 태양이 이글거리는 광야가 있고 구름이 흐르고
북벌의 말 달리는 꿈 수천수만 평 광야가 우주를 넓혀간다

다비식

당신이 불이라는 것을 압니다. 쇠붙이도 다 녹이고
강철의 시간마저 다 녹여 불의 시간을 만드는 불
당신이 가진 불의 팔로 당신의 불의 품안으로 껴안아주세요.
그렇게 불에 타지 않던 그리움도 그리움의 숨통도 다 불로
당신이 타오를 때 함께 타오르는 불이 되겠습니다.
불이 확 지나가고 재로 내가 남는다 한들 뭐 억울하겠어요.
당신과 함께 불로 타오를 걸요. 불 들어간다, 나오라고
제발 나오라고 외친다 한들 내 귀에 들리겠어요.
불의 말씀을 쏟아내는 당신에게 귀가 쏠린 지 오래니까
당신이 불의 발로 짓밟고 불의 입김으로 태우고도
다 태우지 못한 것이 있다면 당신을 사랑했다는 내 말 몇과
어느 석등 사리함에 천년 홀로 잠들어도 좋을 것입니다.

방문

어제도 갔고 오늘도 간다. 가도 갈 수 없는 당신이지만
바람으로 갔고 별로 갔고 밤으로 갔고 새벽으로 갔다.
당신은 일상을 당신으로 보내지만 나는 바람이 되고 별이
되고 밤이 되고 새벽이 되는 변화와 질주의 날이었다.
가고 가지만 또 나는 당신에게 간다. 간다 해도 만날
수 없지만 오늘 유난히 당신 창가에 와 우는 새가 나라는
것을 당신이 알지 못할 테지만 난 새가 되기 위해
내 뼈와 영혼을 비우고 난 조그만 새 한 마리가 되었다.
난 오늘도 가고 내일도 가지만 백 년 뒤도 가고 있을 것
이다.

그리운 애마

2013년식 내 차 경기31고9329는 13만 킬로를 나와 동고동락했다.

엔진을 자주 손봐 새 차처럼 잘나가주던 애마, 10년 이상 정들었던 여인

지금은 폐차장에서 어디로 갔는지 소식조차 없다. 차 등록증마저

말소되어 이제 지상에는 흔적 없는 나의 애마, 새 차일 때 뉴 에프 소나타여서

10년 이상 지난 단종 차여도 내게는 늘 뉴였던 발랄하고 즐거웠던 나의 여인

내 차 경기31고9329는 나의 행적을 다 아는 나의 애마였다.

내가 부른 고성방가의 노래, 눈물의 노래 다 듣고 나의 치부를 다 알던 애마

뒤에서 사정없이 들이박아 폐차를 만들어놓은 택시가 아니었다면

뒷문을 도저히 열 수 없고 반파가 된 나의 애마가 아니었다면

지금도 나와 나의 애마는 푸른 루트로 질주에 질주를 거듭하고 있을 걸

나도 어찌할 수 없어 불운에 빠진 애마, 사진을 보면 아직도 눈시울

붉게 하는 애마, 지금은 우주 저편 어디로 가고 있나 가끔 낯 익은

엔진 소리 먼 별에서 들려와 넋 잃은 듯 바라보게 하는 애마, 그리운 애마

첫눈

이 땅의 전방 후방에 한반도에
끝없이 내리는 첫눈이 욕이구나.
욕은 바람 타서 우우 솟구치기도 하고
사선으로 곡선으로 자유자재로
때로는 펄펄 내리는구나.
격렬비열도를 초분을 고궁의 기와를
눈은 끼리끼리 어울리면서
낄낄거리다가 욕으로 덮어가는구나.
이 세상 허옇게 욕으로 도배하듯
어젯밤부터 끝없이 휘날리며 쌓이는 욕
죄짓는 일로 바빴던 세상 위로
낭만도 추억도 없이 욕만 내리는구나.
수천수만 톤 쏟아지는 욕에
나뭇가지 부러지고 천장이 무너진다.
우리가 저질러버린 일들이
적설의 깊이보다 더 깊은 죄라면서
한라에서 백두까지 첫눈이 하염없구나.

몽땅 연필

난 몽땅 연필이다. 신사적인 만년필도 오래 쓰는 볼펜도 아니다.

잉크를 갈아 쓰거나 작은 알이 굴러가면서 몇만 자를 쓰는 그런

필기구가 아니다. 어떤 시인은 만년필이 삽날이고 광두정이고 죽은

말대가리 눈 화장이나 부유한 앵무새의 혓바닥 노릇을 하거나 때

늦은 후회의 글을 쓰거나 잊어진 필기구 또는 잉크의 늪에 한 마리

푸른 악어가 산다 했지만 나는 어떤 상념도 할 수 없고 그냥 뒹구는

단신의 필기구다. 앞날이 아슬아슬한 연필이다. 나를 가지고 사필

귀정이니 결자해지니 동고동락이니 언중유골이니 그럴듯하게 써서

멋을 부리고도 싶지만 그것은 격에 맞지 않고 누군가 할 수 있다면

볼펜 껍질에 나를 끼워 나의 수명이 연장되기를 바랄 뿐이다.

심 끝에 침을 발라가면서 또박또박 늦은 일기를 쓰거나 숙제를
하기 바란다. 겨우 글자를 익힌 촌로가 아들집 딸집 주소를 한 자
한 자 벽에 적거나 달력에 기일이며 장날을 기록하기 바란다.
하나 내게는 심이 있다. 누가 몽땅 연필이라 버려도 버려지지 않는
내 몸속에 박힌 심지, 끝내 구겨지지 않고 짧으나 꼿꼿한 심지
내 몸 속엔 닳고 닳아도 끝내 닳지 않는 일편단심 같은 심지가 있다.

자형의 밤나무

자형은 월남전에 참전했다 돌아온 고엽제 환자였습니다. 그러나 자형은 가랑잎처럼 말라가며 밤나무를 심었습니다. 가을이면 자형 밤나무에 밤으로 매달리는 것은 여름 태양이 익힌 사람들의 갖가지 꿈이었습니다. 배고픈 다람쥐에게는 먹이 하라고 숲으로 톡 털어진 밤 기일이 다가오는 사람에겐 따서 제사상에 올리는 율 하교하며 돌아오는 아이에게는 꼬챙이로 밤송이를 까고 보석처럼 얻는 간식거리 자형은 누나가 날마다 눈물로 적셔주어도

끝없이 바스락거리다가 저승으로 툭 떨어져간 가랑잎 하나 해마다 자형의 말이 밤나무로 푸르러집니다.내가 심었다고 해서 내 밤이 아니라는 말씀 자형이 먼 먼 남쪽 꿈의 나라, 남십자성 아래에서 눈처럼 휘날리는 고엽제 맞으면서 꿈으로 키웠을 밤농사 세상에서 제일 알이 굵고 단맛 나는 밤이 열리는 밤나무를 자형이 산에 가득 심어두고 떠나셨습니다. 누나도 자형처럼 농약도 없이 유기농으로 키웠으니

단맛이 깊어 사람들이 털어가도 벌레가 먹어도 좋다 하고

자형은 이 세상에서 가장 아름다운 밤나무를 심고서 뻐꾹새 울음 선소리로 너울너울 꽃상여 타고 가셨습니다.해마다 누나가 먹으라며 부쳐주는 몇 됫박 밤은 알알이 영근

자형의 사랑이기에 받을 때마다 눈시울 붉어집니다. 나

도 언젠가 밤나무가 아니더라도 세상에서 제일 단맛 나는
  아이들이 손 뻗어도 닿는 과일을 심겠습니다. 자형의 내
가 심었다고 해서 내 밤이 아니라는 말씀으로
  울타리도 목책도 경계도 없는 땅에 과일나무를 심으려는
  나의 푸른 꿈 하나도 심어두고 떠났습니다.

겨울 둥지

공장에서 돌아온 동생의 옷에서 기름 냄새가 났다.
종일 기계를 닦고 조여도 늘 헐거워지고
녹슬어가는 동생의 꿈을 위해
겨울이라 손에 쩍쩍 달라붙는 몽키와 스패너로
오늘도 얼마나 이 악물고 닦고 조였을까.

편서풍이 아닌 바람이 사람을 헷갈리게 했다면서
퇴근하는 길에 갑자기 분 바람에 자전거 핸들이 꺾여
공장대로에 내동댕이쳐질 뻔 했다면서
안도하는 동생의 말에도 기름 냄새가 났다.
일거리가 없어 야근도 줄어 살 길 막막하다는 말에도 났다.
피곤을 푸는 것은 잠이 제일이라며
서둘러 불을 끈 자취집의 하늘로 늦은 철새가 날고

잠들어도 동생의 몸에서 피어나는 기름 냄새는
겨울에도 지지 않는 증오의 이파리 이파리였다.
자취방을 가득 채우고 밤새 서걱대는 증오의 이파리였다.

빈집

빈집이 오래전 된 집
달빛과 잡풀이 차지한 집
먼지의 나라가 된 집
쥐들이 매화 꽃잎 같은 발자국을
먼지 위에 하나둘 찍어보는 집
우물물이 새파랗게 차올라서
떠나간 사람을 기다리다가
날마다 시무룩해지는 집
그래도 끝내 꺼뜨릴 수 없는
기다림의 불씨가 반딧불이로
하나 둘 피어오르는 집
지붕에 생살구가 떨어져
누가 있나 똑똑 노크하는 집
때 되면 수국 꽃 환한 집
바람이 마당 가득 찼다가
우우우 떠나는 집
빈집이어도 빈집이 아닌 집

서장대[*]에서

저 별이 보이니
구름 같은 내 청춘이 뭉치고 짜부라지고
각질화되어 이룬 별
저 별이 떠나간 내 슬픈 늑골도 보이니
우리가 꼬리치고 꼬리쳐도
도저히 이를 수 없는
먼별이 된 우리의 푸른 시절도 보이니
강물에 담그고 물장구쳤던
우리의 하얀 복숭아뼈가 무덤을 이룬 저 별
과연 보이기는 하고 느끼기는 하니
소용돌이치는 블랙홀 근처에 자리 잡아
끝없이 반짝이는 저 별 하나 보이기는 하니

* 수원화성의 구조물 장수가 군사를 지휘했으며 수원이 한눈에 다 보이는 곳.

제3부

목포 그 여자

삼학도 바다 깊이 사공의 뱃노래
스며드는가 물었다.
스며들어 파래로 일렁인다 했다.
유달산 동백이 피느냐고 물었다.
영산포에 밀물 차오르면
기다렸다는 듯 핀다고 했다.
해조곡을 아느냐고 물었다.
궂은 날 빈대떡 부쳐놓고
썰물처럼 떠난 사내 그리워
젓가락 장단으로 가끔 부른다 했다.
목포 그 여자 알았을까.
사공의 노래처럼
그 여자 깊이 스며들려던 나를

목포 그 여자 과연 알기나 했을까
그 여자 깊이 내리고 싶던 닻을
죄 많은 내 정박의 꿈을

• 내 시 「그 여자」를 패러디해서.

그 후의 날들

난 짱돌 하나 움켜쥐고도 던지지 못했다.
움켜쥐었을 뿐이면서 사생결단으로
사수한다고 내가 던지지 않았으면
누가 던졌나 반문하며 비굴을 포장했다.
나란 저절로 굴러온 호박씨나 깠다.
점점 강도가 심해지는 거짓으로
이미 투사가 된 영웅담을 늘어놓고
그러다가 집으로 돌아오는 밤
먼 별 하나가 흐느끼는 소리 들었다.
내가 호박씨를 까먹고 뱉은
이름 하나 외딴 별로 울고 있었다.

이빨과 지붕과 별과

어릴 때 뽑은 이빨은 발돋움해서 정성스레 지붕 위에 던져올렸다.

새야, 새야 헌 이 가져가고 새 이 다오 하면서 던져올렸다.

형이 그랬고 누나가 그랬고 동생이 그랬고 내가 그랬다.

볏집으로 이은 지붕 위에 올라앉은 헌 이의 잠은 따뜻했으리라.

볏집에서 자란 굼벵이가 사슴벌레로 자라서 날아오를 때

헌 이도 하나둘 떠올라 반도의 별이 되었다는 신화를 만들며

우리 형제가 지붕으로 던져올린 헌 이빨이 형제 별로 환했다.

형제가 그리울 때 밤하늘을 하염없이 보는 이유도 그 때문이다.

길 위에서 학습

나는 매일 너에게 갔지만
가지 못했다.
나는 매일 너에게 가지 않았지만
마음은 벌써 몇천 번 갔다 왔다.
가면서 가지 못하는 것이
가지 않으면서 가는 것이
가는 것이라 해야 하는지
가지 못하는 것이라 하는지
갔으면서 가지 못하는 것
가지 않으면서 가는 것
그런 모순 속으로 봄비가 내리고
별빛이 내리고 바람이 불고
수색에 매일 갔지만 수색에
한 번도 가보지 못했다는 말
너를 사랑했지만 한 번도
사랑에 이르지 못했다는 말
네게 가는 길 위에서 배운다.

루드베키아

천인국, 원추 천인국, 검은 눈 천인국, 삼잎 국화가 있는데 초롱꽃목인 국화과의 한 속인 루드베키아를 나직이 불러보면 울게 된다. 꽃말이 행복이라 내가 행복하지 않아서 우는 것이 아니라 멀리 점점이 검은 세월 위에 떠 있듯 있는 루드베키아를 부르면 울게 된다. 발에 물집 잡히고 가래가 가슴에 들끓는 세월, 내가 찾아 나선 사람이 루드베키아 같은 눈동자를 가진 사람인가. 루드베키아 하면 남몰래 눈물 흐른다. 실없이 불러도 울게 된다. 내가 루드베키아라고 부르면서 다가가고 싶었던 사람이 있었던가. 내 잠 속에 별로 떠 흐르는 루드베키아, 나의 루드베키아, 내 앞에서 비너스인 듯 누드로 춤추다가 떠난 베키아라는 여인이 있었을까. 루드베키아, 루드베키아 가슴에 철철 눈물 흐르게 하는 눈물의 발원지 루드베키아, 전설처럼 이루지 못한 사랑으로 죽어간 인디언 처녀라 내가 부르며 울게 되는 것인가. 루드베키아. 세상의 모든 여인인 루드베키아, 루드베키아 부르면 시도 때도 없이 울게 된다.

작은 당부

채송화 피면 채송화만큼
작은 키로 살자.
실바람 불면 실바람만큼
서로에게 불어가자.
새벽이면 서로의 잎새에
안개이슬로 맺히자.
물보다 낮게 허리 굽히고
고개 숙이면서 흘러가자
작아지므로 커지는 것을
꿈꾸지도 않고
낮아지므로 높아지는 것을
원하지도 않으면서 그렇게

사과를 먹는 밤

이제 내게 남은 것은 사과 열두 알
사과를 먹으면서 와삭와삭 먹으면서
사과하지 않는 사랑이 있어 슬프다.
사과하지 않는 꽃이 있어 슬프다.
와삭와삭 사과를 먹으니
비로소 사과의 말이 입안에 도는데
혼자서 사과를 다 먹을 수 없는데
남은 사과를 나누어 먹을 수 없어 슬프다.
사과를 베어 먹으면서 먹지 못한
사과 씨가 사과나무가 될 수 없어 슬프고
사과의 말이 가슴에 사과처럼
주렁주렁 매달리는 밤이어서 슬프다.
사과를 먹으나 사과할 수 없어 슬프다,
사과가 사라지는 지구의 푸른 밤이 슬프다.

수국 꽃 어머니

저승 간 어머니, 여자 중 여자 같았던 어머니
이제는 신강 좀 편해졌는지 몰라
그렇게 평생 좋아했다던 수국 꽃으로 피어
아버지 찾아올까 저승길 환히 밝히고 있는지 몰라
먼저 저승 간 아버지도 북벌의 꿈 그곳서도 키운다고
천군만마 키운다고 마방서 세월 보내는지 몰라
말똥냄새 피우며 돌아올 아버지를 기다리는 다소곳한 어머니
아버지 소리쳐 부르지도 못하면서 수국 꽃으로
사시사철 피었다가 뚝뚝 지고 있는지 몰라
아버지 너무 그립다 눈물로 뚝뚝 지고 있는지 몰라
아님 어느 별에서 가득 피어나 수국 꽃 별로 빛나며
지상의 자식들 고개 쑥 내밀어 보고 있는지 몰라
저승 간 어머니, 옥빛 코고무신 신고 가신 어머니

모서리에 기대서 1

모서리에 피가 나도록 등을 비벼댄다.
나는 늘 가려운 등을 비벼대는 소 한 마리
거친 세월을 되새김질하면서
묵은 세월을 갈아엎고도 코뚜레로
고삐에 매인 채 산다.
큰 눈망울 굴리면서 우황마저 들어
밤새 엉엉 우는 소 한 마리로 산다.
뼛골을 파고들며 자라는 우황마저
내 것이 아닌 소, 내가 앓아 만들었으며
내 것이라 말하지 못하는 소
아픔으로 우보만리 뚜벅이며 가는 소다.
한밤이어도 불면으로 모서리가 다 닳도록
가려운 등을 피나도록 비벼대는 소
눈물 그렁한 채 침 질질 흘리는 소

모서리에 기대서 2

모서리여, 아주 천천히 닳아가기 바란다.
나도 오래 기대어
백골이 되도록 새파란 하늘을 바라보련다.

모서리에 기대서 3

모서리에 기대어 릴케의 시를 읽는다.
내 눈빛을 꺼주소서, 그래도 나는 당신을 볼 수 있습니다.
내 귀를 막아주소서, 그래도 나는 당신의 목소리를 들을 수 있습니다.
라는 무 살로메에게 헌정한 기도 시

나도 모서리에 기대어 유랑하는 구름에게 가난한 새에게
헌정시 한 편 쓰고 싶은데
한 여자의 육체 오늘 밤 나는 쓸 수 있다
나는 퇴근해 일찍 잠들었다 일찍 일어났으므로
라는 릴케의 시를 읽으면 내 청춘 종이배처럼 하얗게 접으며

꿈속은 갑작스레 끝물이 와 버렸고 별 볼 일 없는 꿈
세기 초의 잠이라는 릴케의 시를 읽을 때
나도 헌정한 시를 바쳐야 할 여인은 가뭇없이 멀고
무엇이 나를 모서리에 기대어놓고 릴케의 시를
내 가슴에 잉걸불로 태우는지, 왜 사랑은 아스라한지

내가 기댄 모서리는 세기말의 모서리

기대어 바라보아야 할 장미의 계절도 없고 블루스를 춰야 할
세기말의 밤도 없고 닭 울음소리 사라진 광야
돌아오지 않는 고래와 물고기 떼
그래도 모서리에 기대어 읽는 릴케의 시, 이 파란만장

율희의 나라

1

오월이 가고 있다. 공휴일이 많았던 5월이 가고 있다. 5월이 가지만 나는 율희의 나라에 가지 않았다. 시든 꽃잎처럼 떨어진 나는 가지 않았다. 시든 꽃잎처럼 눅눅한 나는 가지 않았다. 언덕을 넘어 종각 아래를 지나 사천왕상 앞을 지나 대웅전을 지나 나는 가지 않았다. 강둑에 고삐 메인 염소처럼 가지 않았다. 바람이 빠진 자전거처럼 가지 못했다. 오월이 가고 오월의 노래가 가고 오월의 구름이 가고 오월의 강물이 가도 가지 못했다. 오월에 오리라는 율희를 기다려 나는 가지 못했다. 6월이어도 7월이어도 5월의 옷을 입고 있을 것이다. 오월이 가고 있다. 나와 함께 갈 수 없는 5월이 가고 있다. 율희의 소식은 없다.

2

율희의 나라에 살고 싶다.
밤꽃 냄새 미친 듯이 휘날리면 율희가 미쳐가는 나라
율희가 미치면 일손을 놓고 사내들도
미쳐가는 율희의 나라

율희의 몸으로 내 유전자가 흘러가고 금강 물보다 한강

물보다

압록강 물보다 두만강 물보다 더 유장하게 흘러가고 율희가 또 다른

나를 낳고 또 다른 나를 낳자 또 다른 내가 나를 낳고 대한사람 대한으로

우리나라 만세나 하고 율희가 하얀 코고무신 댓돌에 두고 방에 들면

난 단단한 태몽하나 꾸고 율희와 무궁화 삼천리 화려 강산 같은 사랑으로

용두질로 다시 한 번 대한 사람 대한으로 우리나라 만세를 외치고

율희가 팜므파탈이어서 들병이어서 카르멘이어서 작부여서 논다니여서

꽃뱀이어서 내게 치명적이어도 좋은데 난 율희의 나라에 살고 싶다.

일처다부제의 나라에 밤마다 율희를 기다리는 율희의 남편 중 꼴찌 남편이어도

율희의 나라 돌확에는 어리연이 피어나고 율희의 나라에는

물소리가 음악이고 새들이 심부름꾼이고 율희의 자장가

에 모두가 잠들고

율희의 헛기침 소리에 모두가 일어나 새벽 물꼬를 터서

논물 가득 차 끝없이 출렁이는 율희의 나라

모든 나뭇잎이 풀잎이 지폐여서 지폐가 필요 없고 모든 돌이 화패여서 화패가 필요 없는

율희의 나라에 가고 싶다. 내 시든 잠지를 세워줄 줄 아는 율희의 나라

뭔가 알아 뿌듯이 채워줄 줄 아는 율희, 숨통이 끊어질 듯이 조여줄 줄 아는 율희

밤이면 유곽의 야생화처럼 피어 남자를 유혹할 줄 아는 율희, 요조숙녀 율희

하나 남자를 절대 무시하지 않는 율희의 나라, 전세도 월세도 없고

딱지도 없고 어디나 잠자리고 어디나 집인 율희의 나라

주말도 불목도 불금도 없는 율희의 나라

가진 것 없어도 챙긴 게 없어도 율희의 나라로 가자.

가서 율희와 나물 먹고 물 마셔도 배가 부르니 율희의 나라로 가자.

씨 뿌리거나 가꾸지 않아도 율희의 벌판에 가득 차 물결치는 오곡백과

그 곳서 율희의 숨소리 음악처럼 들으면서

천천히 커튼을 올리면 멀리서 비너스처럼 다시 태어나 달려오는 율희

율희가 사랑 후 하는 뒷물소리가 하프 소리처럼 들리는 율희의 나라

모든 사내들이 율희를 위해 울력 나가면서 율희를 노래하는 나라

이모작도 삼모작도 가능한 율희의 나라로, 꿈의 이완과 수축이 부드러운 곳

율희의 치마폭에 싸여 희대의 파락호가 되어도 좋은 율희의 나라로

가서는 북소리처럼 울리는 율희의 맥박소리 삶의 리듬으로 삼고

3

빨간 우체통 앞을 지나 고래를 기다리는 언덕을 지나 벼랑 앞에 이르러도

율희의 나라에서 어떤 전갈이 없다. 본국엔 벌써 가을이

와 머루가 익었고

율희의 엉덩이가 달처럼 부풀어 올라 사내를 기다린다는 전갈이 없다.

율희의 밤에 별이 초롱초롱하여 율희는 사랑에 갈증 나 베갯잇 방울방울 눈물로

적실 텐데 본국엔 가을이 와 물고기 살찌고 무엇이든 맛이 들었다는 율희에게서

전갈이 없다. 어서와 예민한 혀로 나를 맛보라는 전갈이 없다.

내 돌아갈 본국 율희의 나라에서 전갈이 없을 때

난 엉엉 운다. 뼛골까지 스미는 몸으로 슬픔으로 가누기 힘든 몸으로 운다.

울음주머니를 채우면서 자꾸 부풀어 오르는 그리움으로 운다.

율희의 추억을 되새김질하면서 운다.

울어도 율희의 나라에서 본국으로 오라는 어떤 전갈이 없을 테지만

울음을 멈추면 곧 불혹의 끝이지만 전갈이 없을 줄 알면서

울음이 전신에 퍼진 울음 암 환자처럼 말기에 이른 환자

처럼 울어댄다.

마음껏 울어보지 못한 사람을 위해 울어주듯 끝없이 엉엉 운다.

울음의 꼬리에 꼬리를 쳐서 율희의 나라로 가려 뼛골에 사무쳐서 운다.

율희의 나라에서 전갈이 없다. 율희의 나라가 있는 쪽으로 서면 벌써 첫눈의

예감이 바람에 지그시 찬 기운을 실으며 불어오고 있다. 억새는 머리가

한 번 더 세어 산발한 채 율희를 부르고 있다. 율희의 나라는 멀다. 안드로메다

나 은하계만큼, 하나 율희의 나라에서 연락이 오면 줄줄이 길을 나서야 한다.

앞서 날아가는 가는 철새의 울음에 젖으면서 율희의 나라로 가면서

몇 방울 떨어뜨려야 할 눈물, 전갈이 오지 않아도 율희의 나라로 가야 한다.

율희는 멀어도 사랑은 깊어가는 것, 율희의 출렁이는 젖가슴 앞으로 가야 한다.

모성애를 느끼게 하는 율희의 나라로, 본국의 율희에게로

여기는 아직 코쟁이들의 식민지, 그들이 날린 조기경보기에 은밀해야 할
우리의 사랑이 가차 없이 들킨다. 주둔군의 군홧발에 우리의 금이도 우리의
누이도 길 위의 풀꽃처럼 짓밟혔다. 이 슬픈 사연 고하려고 율희의 나라로
가야 한다. 율희가 주는 은장도 수천수만 자루 챙겨 돌아와 가난한 사랑에게
한 자루씩 건네주려고 겁탈하려 하는 주둔군의 가슴팍에 박게
율희의 나라로 가야한다. 동이족이 반도에 와 사랑을 꽃피웠듯이 율희의 나라는
가상의 나라도 아니고 전설의 나라도 아니다. 우린 가야 한다. 율희에게로
율희의 나라로 창파에 배 띄우듯이 그리움 꽃잎처럼 띄우고
파란만장이어도 파란만장을 노래하는 강한 민족이 되어 율희의 나라로

4

율희가 있는 곳, 무정부주의자들이 우우 환호해 율희의 나라로 일어선 곳

나는 율희의 중독자, 율희의 나라에 이르러도 율희의 더 깊은 나라로

떠나고 싶은 것이다. 율희의 사랑은 등나무 꽃대를 아래로 세워 어둠

마다 드릴처럼 구멍을 뚫어 빛이 분수처럼 치솟아 오르는데 율희가 너무

눈부셔 율희가 보이지 않아 우왕좌왕하는데 율희의 나라에서 또 하나

율희의 나라가 있음을 안다. 사랑은 멈추는 게 아니라 이렇게 자꾸 갈증서

갈증으로 내몰아가는 것, 아무리 뻗어도 닿지 않는 율희이기에

율희에게 환호하고 율희에게서 또 율희에게로 간다고 집을 나서고

자신을 나서서 순례의 길을 나서는 것이다. 오체투지로 설산 같은 율희 안의

율희에게 간다고 수천 번 닳은 신발을 갈아 신으며 가

는 것이다.

한 사람에게 간다는 것은 갔다고 해서 멈추는 것이 아니라 가서는

또 가는 것이 사랑이라는 것을 율희의 나라에서 배우는 것이다.

한 사람에게 한 사람이 간다는 것은 전생이 가는 엄청난 것이라지만

그렇게 엄청난 것도 아니고 잠깐 흩뿌리다가 사라지는 싸락눈처럼 가는 것이다.

페루 해안으로 죽으러 가는 새떼처럼 율희에게 죽으러 우우 가는 것이다.

모두가 곤하게 잠든 밤 쇠고랑처럼 그리움을 질질 끌면서 가는 것이다.

율희와 내가 뜨겁게 몸 섞는 율희의 침대, 푸른 오르가슴을 찾아서

자꾸 희박해져 가는 이 시대의 비전을 견디면서 등허리에 만년설이 내리는

야크 한 마리로, 자식의 꿈을 나른다고 설산고도를 아슬아슬하게 지나는

야크가 된 아버지처럼 때로는 불알에 힘이 꽉 찬 이중섭

의 소처럼 가는 것이다.

조개 철이 와 집을 나서 세상을 잠깐 비워두고 바다로 간 조개잡이처럼

5

율희의 나라에서 굴뚝새가 우니 곤줄박이도 울었다. 박새가 우니 멧비둘기도 울었다. 함께 텃새라고 울었다. 새들은 울어도 나는 울지 않았다. 나는 텃새도 철새도 아니었고 우는 새의 슬픔을 몰랐다. 텃새의 슬픔을 몰랐다. 오목눈이가 우니 직박구리도 울었다. 몇 번 더 울어야 율희의 봄이 가는지 여름이 오는지 몰랐는데 텃새도 울었다. 텃세를 하면서 운다고 하고 누구는 짝을 잃어서 운다고 하는데 몇 겹의 울음을 숲에 쌓으려는지 날 저무는데도 울었다. 율희의 나라에서 아직 내게 돌아오지 않는 율희의 사랑을 그냥 불귀라고 하자. 돌아오지 않는 율희의 사랑이 어딘가에 모여 한 세상 이루어 불귀 불귀하며 산다고 하자. 노래한다고 하자. 불귀 불귀하며 늙어간다고 하자. 하나 그리운 옛사랑, 내 불귀의 사랑, 불망 불망하며 저무는 갈대밭을 지나와야 할 율희의 사랑. 기어코 율희의 나라에서 이룰 율희와의 사랑

제4부

실없는 그 기약에

실없는 그 기약이란 말 좋지
지켜지든, 지켜지지 않든 하는 기약이란 것, 그런 기약이 희망이라는 것
기약이 깨졌다는 것은 마음을 담금질한다는 것
목숨을 건 기약이 있든지 말든지 기약이 있는 세상은
꿈이 있다는 세상, 실없는 그 기약에 봄날이 간다는 것
새파란 풀잎이 물에 떠서 흘러가는 날이든지 말든지
봄날이 가든지 말든지, 깨어지더라도 깨어지기 전
사금파리 같은 사랑이 반짝였다는 것, 비늘 반짝이는
버들치 같은 사랑의 말이 있었다는 것, 꽃 편지 던지든 말든
아 아 기약이 있었다는 것, 파르르 떨며 새끼손가락 걸었다는 것
그리운 실없는 기약이란 것, 깨지더라도 기약이라는 것

부르다가 멀어지는 것들

우리는 우리의 말에 익숙할 뿐이지 별의 말에는
익숙하지 않다. 밤새 창가에 와서 어이 얼굴 한번 보자
잠깐이면 돼 하며 속삭이다 가는 별을 모른다.
그 별이 하늘을 놓치고서 아아아 별똥별이 되었다는
슬픈 이야기도 모른다. 알려고도 하지 않는다.
우리는 바람의 말 강물의 말 물새의 말도 모른다.
미지서 오지서 다소곳이 피었다가 심심하면 놀러와
내 향기가 한창일 때 그때 오면 더 좋고라는
풀꽃의 말, 바람에 끝없이 실려오는 그 말을 모른다.
지구 아니 우주에서 단 한 번 피었다가 영원히 지는
풀꽃의 짧은 생, 짧은 여정을 알지도 못한다.
우릴 애타게 부르다 시나브로 멀어지는 것들을 모른다.

선운사 동백, 그년

선운사 동백, 그년 뚝뚝 떨어져도 내숭이다.
조이고 조여 사내들 다 조질 년이다.

안으로 잉걸불로 다지던 혼자만의 사랑
부풀어 오를 대로 부풀어 올라
제 몸 제가 못 견뎌
누룩뱀처럼 붉게 우는 화냥년이다.

선운사 목탁 소리에 리듬을 탄 듯 몸을 흔들며
사내들 화염지옥 적멸보궁 다 맛보여주는 년
사내를 들었다가 놨다가 하는 선운사 동백, 그년
너무 부끄러운 듯 선홍빛 얼굴을
동백 잎 잎으로 가리지만
속은 용광로보다 더 뜨거워
사내 몇 오르가슴으로 이끌어
죽어도 좋다는 탄성 내지르게 하는 년이다.

가진 것 다 가져다 바쳐놓고도
정신이 홀딱 빠져서
선운사 동백을 노래하며

곳집 같은 세상에서 찾아간 사내들
화대로 사내들 목숨마저 아낌없이 바치게 하는
꽃뱀 중 꽃뱀이다.

아아, 그래도 선운사 동백 그녀에게 가고 싶다.
땅으로 뚝뚝 떨어져 누워도
동백 꽃 냄새 푹푹 풍기면서 케겔운동 한다고
아래를 조였다가 풀고 다시 조인다고
얼굴 벌겋게 달아오른 그녀

가서는 내 생이 다 망하더라도
쩍 벌린 그녀의 아랫도리, 그 불구덩이 속에서
한 사나흘 빠져 허우적거리고 싶다.
한 줌 재가 되고 싶다.

선운사 동백, 그녀, 그녀 알고부터 내가 망가졌지만
그래도 미워할 수 없는 선운사 동백, 그녀
찰진 아래로 날 반겨줄 그녀
내 숨통을 한 번쯤 끊었다가 이어줄 선운사 동백, 그녀
감창으로 세상을 들끓게 할 그녀

폐교

나는 폐교다. 교정에 잡풀만 무성히 우거져 도둑공부하고 싶어 창가를 기웃거리는 폐교다. 바람이 꽃가지를 붙잡고 수음하다가 떠나는 폐교다. 집 쫓겨난 개들이 들어와 흘레붙다가 말라가는 폐교다. 미루나무만 회초리 같은 가지를 휘두르다 지치는 폐교다. 학교 종이 땡땡땡 치지 않는 폐교다. 포르말린에 갇힌 회충이 우는 폐교다. 표본실 해골이 외로워 하악골을 따각 따각 거리는 폐교다. 어린별이 맨발로 옥상서 서성이다 가는 폐교다. 처녀인 너구리를 너구리가 따먹어버리는 폐교다. 꿈의 피딱지가 말라붙은 폐교다. 운동장 모퉁이의 수국에게 하늘을 칠판 삼아 가갸거겨오요우유를 가르치고 싶은 폐교다. 세상 먼발치서 조금씩 허물어져가는 폐교, 너희들이 한때 낄낄거리면서 도둑담배를 태우고 교문을 발로 탕탕 걷어차던 폐교다. 국민교육헌장을 달달 외우게 하던 폐교다. 다시 분교나 본교가 되고 싶은 낡고 오래된 폐교다. 탱자나무 가시만 싱싱한 폐교다.

해갈이

크고 자잘한 잎이 무성하게 돋아나던
우리 집 뒤란의 감나무 올해 망했다.
까치밥으로 남겨두던 우리의 잔정이
홍시로 밤마다 알전구로 환히 켜져
겨울 언 하늘을 지켰는데 올해는 없다.
감나무가 망하자 찾아와 맑게 울던
까치도 망했는지 찾아오지 않는다.
감꽃 주우러 조심스레 오던 순이
떫은 감을 익히듯 사랑을 익히던
순이도 바람나서 멀리로 사라졌다.
터줏대감으로 동구 밖에 이르면
그 큰 키로 벌써 알아차려 반갑다며
노란 감꽃 똑똑 떨어뜨리던 감나무
할아버지뻘 감나무 올해 쫄딱 망했다.
내가 올려보던 하늘 하나 무너져 내렸다.

얼룩들

나는 아버지 어머니가 떨어뜨린 얼룩이다. 장맛비 냄새 나는 저 꽃도 뿌리가 허공으로 떨어뜨린 얼룩이다. 저 가로등 불빛도 얼룩이다. 큰 부분에서 떨어져 나와 만들어진 얼룩, 얼룩이 자라기도 한다. 박하 냄새 나는 저 별도 얼룩이다. 기어코 지워져버릴 얼룩, 얼룩엔 향기가 남아 있어 벌나비가 날아들기도 한다. 거대한 얼룩 속에는 코끼리가 산다. 광장이 있다. 활화산이 있고 분화구가 있는 지구도 누군가의 얼룩이다. 부끄러운 듯 황급히 지울 얼룩이다. 어떤 얼룩 속에는 여름방학이 있고 얼룩 속에는 곤충이 날아다닌다. 개울이 흘러가고 잊고 있던 버들치가 물을 거슬러 오르고 있다. 사랑이란 얼룩 안에는 푸른 오르가슴이 표면장력을 가지고 파르르 떨고 있다. 미세한 것의 끝이 닿아도 터지는 습성을 가지고 떨고 있다. 얼룩 속에는 종마가 울고 북별의 말 달리자는 아버지의 말씀이 말 달리고 있다. 태양도 누가 우주 모서리에 떨어뜨린 얼룩 오늘은 이글거리고 있다.

안드로메다에서 어떤 기별이 오지 않을 때

아무리 주파수를 맞추어도, 텔레파시라도 올까 언덕에 올라 나무처럼 가슴을 펴고 있는데도 안드로메다에서 어떤 기별이 오지 않을 때 내게는 키 작은 슬픔이 있었다. 키 작은 질경이, 키 작은 채송화, 키 작은 개, 키 작은 말, 키 작은 나무와 몸이 짧은 물고기와 어울리는 키 작은 슬픔이 있었다. 이끼보다 새파란 슬픔이 있었다.

아직 난 안드로메다에 머물고 있어, 안드로메다의 꽃철이 지나면 서둘러 돌아갈게, 안드로메다에서 뿌리내릴 작정이야. 안드로메다에 귀 기울이다가 코끝에 술패랭이꽃 냄새 나거나 말구유 냄새 나면 내가 안드로메다에 완전 자리 잡았다고 생각해라는 그런 기별, 안드로메다에서 어떤 기별이 오지 않을 때 내게는 키 작은 슬픔이 있었다.

한참 허리 굽혀 들여다보아야 보일 키 작은 풀꽃과 키 작은 그리움과 키 작은 눈물과 키 작은 4월과 5월 키 작은 질투와 키 작은 저녁과 키 작은 그림자와 키가 작은 차와 키가 작은 소녀와 소년과 키가 작은 K와 키가 작은 술잔이 있었다. 안드로메다에서 어떤 기별이 오지 않을 때 키 작은 아픔과 키 작은 고통이 나문재나물처럼 번졌다.

안드로메다에서 잠깐 머물다가 다른 성단으로 가고 있어. 도착하면 연락 보낼게. 챙겨간 알약은 바닥났지만 아직 견딜 만해. 아픈 사랑이라 해도 버릴 수 없는 것이라고 안드로메다에 해질 때 생각했어. 라는 그런 기별, 안드로메다에서 어떤 기별이 없을 때는 먹다가 자주 체하는 키 작은 슬픔이 있었다. 무서워 밖으로 함부로 나가지 못하는 슬픔이 있었다. 얼굴이 창백하고 눈물 그렁한 슬픔이 있었다.

너무 멀어 잊어질까 안타까운 안드로메다에서 어떤 기별이 없을 때 키 작은 내 슬픔은 숨이 턱턱 막힌다. 괴로워 쪼그려 앉아 땅 글씨나 쓴다. 안드로메다에서 죽었어, 아니면 소식이라도 전해줘, 싫다면 싫다고 해도 아무렇지도 않아, 어차피 너무 먼 것을 사랑이라고 말하기엔 너무 억지스러워, 거리와 사랑은 비례하는 것이 현실이야. 멀면 멀어져, 아직 안드로메다야, 소식이라도 줘, 여긴 네게 잊혀질 수 없는 초록별, 키 작은 내 슬픔이 번성하는 지구란 별이야.

궁리

어떤 일이 닥치면 궁리를 하라고 아버지 처음 말씀하셨을 때
궁리에 가보라는 줄 알았다.
궁리는 물 안의 마을 같아 고요가 측백나무로 자라고
마당 가득 수국 꽃 실은 쪽배가 수시로 드나드는 줄 알았다.
궁리에 가면 푸른 사과가 주렁주렁한 줄 알았다.
궁리가 또 다른 방법이나 길로의 모색이라는 걸 알기 전까지
아버지 작년에 파묘하여 이장할 때 아버지의 모습은
두 손 가지런히 모은 궁리의 모습, 골똘한 궁리의 모습이었다.
자식에게 물려주고 가는 세상이 정말 괜찮을까
무덤 깊이 고인 질 좋은 어둠을 반죽해 손잡이가 튼튼한
꿈 한 벌 제대로 만들고 무덤 속 잠을 청산하고 어디로 갈까
궁리에 궁리로 뼈마저 삭지 않고 오랜 비문처럼 굳어 있었다.
아버지는 무령왕릉을 지키다가 발굴된 석수처럼 궁리의 짐승 한 마리

북별의 말 달리자는 말 한 벌 뼈로 고스란히 남겨두신 아버지

파묘로 드러난 아버지의 궁리를 환대하듯 벚꽃 잎 분분이 휘날렸다.

슬럼가에서

체게바라의 고향도 이곳이라 하자. 천장의 하늘을 떠도는
검독수리의 고향도 이곳이라 하자. 가슴에 흐르는 세느
강의 발원지도
이곳이라 하자. 오로라의 고향도 이곳이라 하자. 별의
고향이 캄캄한
어둠이듯 나무의 고향도 이곳이라 하자. 명아주의 고향,
목마와 숙녀도
남신의주 유동 박시봉방도 이곳이라 하자. 씨앗이 어둠
속에서야
싹 트듯 그 무엇이라도 이곳에 묻혔다가 싹이 트고 싹
수가
노란 놈이 되기도 하지만 여기서 자라 걸음마를 배운다
고 하자.
이곳 하늘에 흐르는 별 냄새를 맡으면서 이곳 빈 터를 수
놓는
새 울음 들으면서 왜 이곳이 고향이어야 하는지 마음의
고향으로
삼으려 하는지 알게 된다. 기일의 촛불 가물거리면 기다
리지 않아도
호주머니에 잘 익은 호두 같은 이름 몇 만지작거리면서

열 일 다 제쳐두고 찾아와 서로의 목덜미를 핥아주는
몇 개의 산맥을 넘어 혈육을 만난 늑대처럼 우우 울며 핥아주는
여기를 꿈의 고향이라 하자. 사랑의 고향이라 하자
쇠북 소리 산을 넘어오고 실개울에 버들치 노는 고향이라 하자.

태양의 난민

계림에 닭 울음 푸른 날 신화 같은 날이 우리에게 있지 않았는가. 그때 천년 이끼를 밟아오는 세월의 이마는 반듯하고 목소리는 물소리마냥 부드럽지 않았느냐. 안기고 싶은 가슴에선 향기로운 물 냄새 나고 심장을 도려내어 주어도 전혀 아깝지 않다는 생각이 나지 않았느냐. 먼데 두고 떠나온 태양의 끓어오르는 소리 들려도 이제 돌아가지 않으리라고 태양의 문장을 뜯어내거나 더럽히지 않았느냐. 불씨같이 태양의 기억만 가슴에 조금 남겨놓은 채 태양이라 불리던 자가 조금씩 미워지지 않았느냐.

태양을 떠나오니 비로소 태양이 먹여 살린 자작나무 숲과 언덕을 넘어가는 해바라기 밭, 태양의 첩자처럼 긴 꼬리를 끌면서 따라오고 눈동자에 박힌 태양을 오려댄다고 눈을 다쳐 지르는 비명, 태양의 하수인으로 하늘에 자리 잡는 별자리와 그믐달, 태양 더 먼 곳을 꿈꾸는 것이 어리석다고 타이르지만 한 번쯤 태양을 벗어나지 않으면 이미 음지식물의 영혼을 가진 우리는 태양을 배겨나지 못한다. 과적인 배로 우리의 항해가 위태하지만 우린 태양 먼 곳으로 가야 살아남을 음지인간, 태양이 멀어질수록 생장점이 활발해지는 모반의 피를 이미 가졌다.

언제 태양이 먼 나라의 해안에 도착할까. 가슴에 이글거리던 태양의 기억을 꺼버려 더 캄캄해진 난민이 떠도는 바다, 스스로 태양이 되어야 한다는 각오가 야맹의 눈을 버려 야행성 동물같이 밤의 미로마저 읽어낸다. 뱃전을 두드리듯 가슴을 두들기며 오는 세월의 파도가 높을수록 살아있다는 즐거움이 높아가 끝없이 노 젓는 것, 우리는 난민이지만 아직 살아 있다. 태양의 난민으로 우리가 눈 먼 새처럼 떠돌지만 결국 우리의 눈이 밝아지는 시점을 찾아 별점을 친 지 오래 되었다. 돌아선 등에서 태양이 이글거리지만 태양에 등 돌린 지 오래되었다.

태양 먼 곳으로 먼저 떠난 난민의 소식은 기쁘지도 슬프지도 않다. 난민은 물에 익사하거나 공중부양하지도 않았다. 그것이 잘못 보내준 소식이 아니라 무사하다는 희소식임을 안다. 아직도 항해 중인 먼저 떠난 난민, 태양 먼 곳으로 탈출해 가는 푸른 항로 위에서 끝없이 노스탤지어의 손수건을 흔들지만 그것은 태양을 향한 것이 아니라 두고 온 거리와 이웃과 땅강아지와 달개비 꽃을 향한 것, 추억에 대한 예의고 기분인 것이다. 살 속 깊이 파고든 태양의 묵시록을 지우기 위한 안간힘이다. 우리만 깨어 있는 밤, 거대한 어둠의 이랑을 넘고 넘으며 가는 우리란 그리움이 털로 돋아난 시간의 짐승, 털이 다 빠질 때까지 끝없이 앞으로 나아가는 태양을 떠나온 감정인 것이다.

다시는 돌아가지 않을 태양계를 떠나온 행성들, 태양의 난민인 것이다

정 붙이다

싸워야 정든다는 말이 아직도 시장통으로
골목으로 도시로 항구로 돌아다니고 있다.
정이란 그렇게 쉽게 붙지 않아서
싸움으로까지 가야 단단히 붙는 것이다.
화해주 서너 잔으로 거나해야 정 붙는 것이다.

점방 앞에 두 노인 앉아서 말로 옥신각신하고 있다.
늙을수록 정이 그리운지 싸울 일도 아닌데
정 붙인다고 서로 어린 것이 저런 어린 것이 하며
서로 버르장머리 없다면서 싸우고 있다.
곁을 스치는 사람들이 실실 웃음을 흘리며 간다.

남쪽 꽃

남쪽 꽃은 네가 피운 꽃이란 걸 안다.
꽃의 씨앗이 되어 땅에 묻힌 네 뼈 마디마디에서
썩어도 썩지 않을 그리움 때문에
네 그리움이 콜록거릴 때마다 피어낸 꽃이란 걸
남쪽의 꽃은 그래서 다 네 닮았다는 것을 안다.
화전이 되고 꺾여서는 화병에 꽂힌다는 걸 안다.
축제의 들꽃 한 묶음이 된다는 걸 안다.
남쪽에 끝없이 네가 피었다가 지는 것을 안다.
쓸쓸한 세월을 꽃으로
한 땀 한 땀 수놓는 가녀린 네 손끝을 안다.
때로는 끝없이 떠올라
남쪽 하늘의 별이 된다는 것도 다 알고 있다

종달새를 부탁해

종달새 주식회사를 설립하고 싶다.

투자자는 관심 있거나 종달새 나는 봄 하늘을 다시 보고 싶은 사람

투자자는 사람뿐만 아니라 철마다 붉은 앵두를 맺는

늙은 앵두나무도 좋고 주춤주춤 들판으로 불어오는 새벽바람도 좋고

어깨에 내린 눈을 툭툭 털고 집안으로 들어서는 어스름 저녁도 좋고

까짓것 일 한번 내는 것이지, 신종사업을 위해 해마다 종달새를 길러

강철의 하늘 속으로도 날리고 쓸쓸한 무연고자의 무덤 위로도 날리는

때로는 끈 떨어진 연처럼 자유롭게 하늘에 풀어놓고

때로는 가창오리 떼처럼 군무를 추면서 메마른 하늘을 울음으로 적시며

하늘 자욱하게 채우면서 깃털을 날리며 돌아오는 종달새

이윤은 챙길 것이 뭐 있겠는가. 아프리카 기아대책을 위한 헌금으로 내놓고

아니면 사회로 환원하고 최소한의 이윤만 남겨 재투자하고

종달새가 끝없이 날아올라 종달새가 장악한 하늘이면
우리는 그저 하늘만 바라보아도 즐겁고 우리 종달새 하늘 아래서
미루나무와 대추나무도 심고 된장도 담그고 새벽 물꼬도 트면서
천렵도 하고 함박꽃 피워서 종달새 울음에 화답하듯 살면 되는 것이지
뿌옇게 흘러가는 쌀뜨물과 밥 짓는 연기 피어오르면
울음의 담금질과 무두질로 하늘을 넓히다 들판으로 내리는 종달새 보면 되지
들판에 드러누워 하늘을 되새김질하는 누렁이처럼 우리도 누워
억센 세월이나 게워내어 되새김질하다가 종달새가 가져온 봄날이면
우리 들불처럼 일어나 팽개쳐둔 쟁기로 묵은 땅 갈아엎을 해 저무는 쟁기질
투자자가 없으면 소규모로도 집에서 때로는 취미로 종달새를 길러야 돼
종달새 나는 하늘이면 종달새 날아올라 불러온 봄이라면
종달새 울음 아래 우리 풀처럼 살아도 뭐 서럽겠나.

종달새 울음 아래 사랑은 남새밭 햇나물처럼 싱그러울 테고

종달새를 길러야해, 종달새가 떠난 하늘은 너무 서럽고 아파

아니면 종달새 울음이라도 하늘에 대못처럼 꽝꽝 박아 두고 싶어

종달새 울음 따라 잃어버린 날이 졸졸졸 흘러오고

종달새 주식회사가 번창하여 세계적 기업으로 우뚝 서서

세계 대국의 하늘 어느 나라의 하늘이나 우리의 종달새가 장악하여

제 하늘인 듯 자유롭게 날아다니는 그런 날 오게

세계 어느 곳이나 밤새 종달새 체인점의 환한 불빛도 보고 싶어

종달새를 사는 것이 곧 행복의 구입이라는 속삭임도 듣고 싶어

이러다가 종달새 주식회사를 설립 못하면

제발 가난한 내 꿈 하나를 부탁해, 종달새를 부탁해

무정부시절

내 당국은 바람이었다. 구름이었다.
첫눈이었다. 긴 강물이었다. 풀꽃이었다.
내 지도교수는 새파란 하늘이었다.
물봉선화였다. 앵두꽃이었다. 이슬이었다.
나의 주치의는 고목이었다. 날벌레였다.
물새였다. 바위였다. 울음이었다.
순이가 몰래 누는 따뜻한 오줌소리였다.
내 부모는 만장이었다. 높새바람이었다.
달 타령이었다. 동동주를 먹는 달이었다.
법도 아닌 밥이고 밤도 아닌 율이었다.
나의 공화국은 꽃피는 새 동네였다.
엄마야 누나야 강변 살자는 노래였다.
무정한 세월이었고 불타는 사랑이었다.
지금도 그리운 무정부시절 내가 원한 것은
뒤란에 양귀비 꽃 하얗게 필 때
마당에 소리 없이 찾아들던 어성초 푸른 초여름
참죽나무 끝에 서성이던 신화의 별 무리였다.

제5부

내 영혼의 산

맨몸의 산, 치마 같은 산그늘을 입으면
벌써 태몽이 깊어가는 마을에 저녁 이부자리 펴는 소리
노루 덫을 놓고 돌아오는 사내들은 벌써 몸이 달아 히히거린다.
늦은 밥상 속으로 부지런히 수저를 들이미는
왕성한 식욕의 사내들은 오늘밤 또 얼마나 뜨거운 절구질로
거친 껍질을 까고 고운 햅쌀 같은 꿈
몇 가마니 헛간에 쌓아올리려는지
냉골로 찾아드는 삭풍보다 가슴 더 깊이 파고드는
아낙의 가쁜 숨소리에 익숙한 듯 토끼 같은 새끼들 잠은 깊고
어느 골에 홀로 묻힌 파르티잔 한 벌 뼈가 서러움에
하악골 따각 거릴 것도 같은 산골의 겨울 밤
깎아지른 수직벽보다 춘양목보다 더 까마득히 치솟는
오르가슴을 향해 사내들 벌떡 산처럼 일어나 끝없는 절구질이다.
창틈으로 엿보던 별이 거친 숨결 몰아쉬며 자위하는 밤
그리하여 아이들 하나 둘 태어나 산을 넘어가
판검사도 시장도 면장도 사장도 되는

그리운 퇴폐 보고 싶은 모모

그리운 퇴폐 옆에 모모가 아닌 용과가 있었다.
난 용과가 싫어졌다.
퇴폐 옆에 줄장미가 피었다.
난 줄장미가 싫어졌다.
퇴폐의 집 뒤에
푸른 공기가 가득 찬 숲이 있었다.
난 숲이 미워졌다.
퇴폐는 혼자여야 안심이었다.
퇴폐의 쓸쓸함을 위로하는 비행운이
멧새 떼가 싫어졌다.
퇴폐의 노래 속에 슬며시 드나드는
개울물 소리도 싫어졌다.
퇴폐 영업소의 불빛이 영롱하고
모처럼 즐거운 퇴폐 나마저 퇴폐로
목 놓아 울고 싶은 밤
한때 나는 퇴폐 옆의 모든 것을 싫어했다.
나도 퇴폐적이었으면서 퇴폐였으며
지금도 그리운 퇴폐, 끝없이 보고 싶은 모모

아직도 그리움을 하십니까?

한때 물방울이던 당신, 풀꽃에 맺히던 한 방울 당신, 이슬이던 당신, 부르는 작은 목소리에도 톡 터지려던 물방울 당신, 먼지만 닿아도 터지려던 당신, 아직도 그리움을 하십니까. 눈물방울보다 더 작은 당신, 언제 터질까 조마조마하던 당신, 내가 물방울이면 쉽게 엉겨붙어버릴 거라던 당신, 창문을 열고 먼 하늘을 바라보며 아직도 그리움을 하십니까. 마르면서 휘날리는 하얀 빨래를 보며 아직도 그리움을 하고 계시나요. 철거덕거리는 기차바퀴 소리가 잠을 잘게 쓸고 가면 가만히 일어나 아직도 먼 먼 그리움을 하십니까.나를 닮은 물방울 하나 낳고 싶다던 당신, 가임을 기다리며 물방울로 반짝였던 당신, 속이 투명했던 당신, 물방울과 맺혀 있으면 찾지 못할 당신, 밤새 추적추적 비 내리면 내가 그리워 눈물방울과 운다는 당신, 당신이 정말 보고 싶었냐고 내게 물으며 자꾸 스며들던 물방울 당신, 하늘 이편에서 하늘 저편으로 사라지는 비행운을 보면 아직도 싱싱한 그리움을 하십니까. 기름 같은 나와는 끝내 섞이지 못한 물방울 당신, 물 같이 흘러가버린 당신, 아직도 달이 차오르면 짐승처럼 우우 울면서 끝없이 그리움을 하십니까. 벌써 내게도 온 그리움의 갱년기인데 우울의 긴 그림자를 끌고 가는 저녁, 아직도 당신은 여전히 그리움을 하십니까.

어머니 지독한 불이 붙으셨다

어머니 누워 불을 고이 받으시고 말없이 타오르신다. 불 들어간다며 어머니 나오라고 자식은 통곡하는데 어머니 불로 곱게 다비하신다. 자식과 손자 손바닥 위에 불로 잘 다스려진 어머니 사랑 몇과 눈부시게 남기시려 어머니 불타신다. 눈물이 톡톡 떨어지는데 이 험한 세상에 자식들 천애고아로 만드시면서 벽제의 하늘 고운 연기로 물들이며 어머니 불타신다. 어머니 할 말이니 눈물이니 불로 타오르신다. 남김없이 아낌없이 불로 활활 타오르신다. 세상에서 가장 순수하고 아름다운 불꽃, 몸으로 단 한 번 피우시며 어머니 타오르신다. 이제는 도저히 끌 수 없는 불로, 불꽃으로 어머니 활활 타오르신다. 어머니 오늘 지독한 불이 붙으셨다.

버들치

나는 네 말이 내게 왔다가 사라지는 줄 알았다.
한 두레박 우물물이었다가
개울물로 흘러가 돌아오지 않는 줄 알았다.
구름이 되어 지리멸렬하는 줄 알았다.
한 시절 억새로 나부끼다가 가는 줄 알았다.
네 말이 철새로 멀리 이동하는 줄 알았다.
미루나무 노란 단풍잎이었다가 지는 줄 알았다.
나는 네 말이 그렇게 떠나는 줄 알았다.
물이끼 푸른 징검다리 아래서 개울을 건널
내 콩콩 발소리 기다리는 버들치인 줄 몰랐다.
그리움을 물풀처럼 물고 사는 버들친 줄 몰랐다,
작은 지느러미 파닥이며 사는 버들치인 줄 몰랐다.

바람 속의 집

정림 하면 첫사랑 정임이가 생각나는
정림초등학교에는 백 년의 세월이 키웠을
플라타너스가 있다.
한여름 그늘은 백 명의 아이를
다 품고도 넉넉하게 남는다.
백년 사랑을 꿈꾸는 까치 한 쌍
나무속에다가 집 한 채 지었다.
바람이 불면 아슬아슬한 둥지가
어떻게 될까 가슴 졸이다가 알았다.
바람 불면 얽힌 가지와 가지가 더 얽혀
바람 속에 튼튼한 집이 되어간다는 것을
나뭇가지를 미친 듯이 흔들어대는 바람이
까치의 꿈과 집을 더 다진다는 것을
그래서 바람 속에 튼튼한 집 한 채 있다.
마을과 학교에 희망의 빗장을 벗기는
푸른 까치 울음소리 강물처럼 풀어내며
정림하면 첫사랑 정임이가 생각나는데
그곳 바람 속에 백 년의 집 한 채 있다.

나와 백석과 하얀 차와 한계령

가난한 내가
나타샤를 사랑하는 백석처럼 누군가를 사랑하면
오늘 밤 푹푹 눈은 내려라.

나도 누군가를 사랑하여
눈은 푹푹 날리고
나는 혼자 앉아 적설의 양만큼 그리움을 푹푹 쌓는다.
그리움을 쌓으면서 생각한다.
나와 내가 사랑하는 누군가와
눈이 푹푹 쌓이는 밤에는
차를 타고 한계령을 넘어가 한 살림 차려 살자

눈은 푹푹 내리고
나는 그 누군가를 생각하고
그 누군가는 이 쌓이는 적설의 그리움이라면
아니 올 리가 없다.
한계령을 넘어간다는 것은 인간의 한계를 넘는 것이 아니다.
인간의 이름을 버리려는 것이 아니다.
사랑의 한계를 넘어가는 것이다.

눈은 푹푹 내리고
아름다운 그 누군가는 나를 사랑하고
주차장에서 하얗게 눈을 뒤집어쓴 차는 오늘 밤이 좋아
부릉부릉 혼자서 시동을 걸어볼 것이다.

• 백석의 「나와 나타샤와 흰 당나귀」를 패러디해서.

그들이 손잡이가 없을 때

손잡이가 달렸다는 것은 누구의 소유라는 표시입니다. 그 누군가의

소유가 되고 싶다는 증표이기도 합니다. 손잡이가 있는 한 그 누구에게 헌신도 하고

넘치도록 채워진 자신을 조심스레 다루는 정성도 보게 됩니다. 보이지 않는

구름의 손잡이를 잡고 하늘을 넘어가는 바람을 보기도 합니다. 나도 내 옆구리나

몸 어디 들기 좋은 손잡이가 있어 그 누가 애지중지 다루기를 기다린 적이 있습니다.

손잡이가 없기에 들다가 놓치기도 하고 불편하다고 묵혀버린 것을 보기도 했습니다.

1000cc나 500cc 맥주잔에 손잡이가 없을 때 누가 그렇게 홀짝이면서

맥주잔을 다루어주겠습니까? 태양에게 손잡이가 없다면 누가 오래 허공에

잡아두기나 하겠습니까. 문장에 손잡이 같은 구절이 없다면 누가 문장을

가슴 쪽으로 끌어당겨 오래 음미하겠습니까? 연애는 자

신의 어느 부분에

손잡이를 달고서 사랑하는 사람에게 내미는 것입니다.

부부의 연을 맺는다는 것은 평생 서로를 다루기 쉽게 손잡이를 서로에게

맡기는 것입니다.

쏟아지는 빗방울에게도 손잡이가 있어 손잡이를 일일이 잡고

나뭇잎 위에서 톡톡 하도록 지상으로 인도하는 무엇이 있기 마련입니다.

잡기 좋은 손잡이를 가졌다는 것은 사랑의 행동반경 안에와 있다는 증거입니다.

산다는 것은 턱하니 제 손잡이를 다른 사람에게 맡기는 일

손잡이를 맡긴다는 것은 자신의 생을 다른 사람의 처분에 맡기는 것과 같으나

아무도 잡아주지 않는 손잡이와 함께 저물어가는 것들이나

그들이 손잡이가 없을 때

한없이 쓸쓸해져 가차 없이 슬픔 속으로 가라앉습니다.

저기 잡기 좋게 손잡이가 돋아난 차가 들판을 건너가고 있습니다.

손잡이가 있다는 것만으로도 차의 질주는 아름답고 힘찹니다.

사람을 누다

똥이 구리다는 놈은
똥보다 더 구린 놈이다. 는 어머니 말씀
따져봐라 사람이 똥을 누는 것이 아니라
똥이 사람을 날마다 누고 간다.
사람은 똥이 사람을 낳았다는 사실을 숨기려
휴지로 비데로 밑을 삭삭 닦는 것이다.
미인이고 미남이고 다 똥이 눈 작품
아버지 어머니마저 기꺼이 우리의 똥이 되어주셨듯이
아침에 좌변기 물을 내리면 아아 소리치며
우리를 세상에 낳고
멀리 사라져주시는 똥도 우리의 아버지 어머니
우리를 잘살게 하는 믿을 만한 배후
우리가 하루하루 살고 있는 것은
우리를 하루하루 낳고 사라지는 똥 때문
구리다고 난리치고
어디 묻었을까 노심초사하는 똥 때문
더러운 그 출생 비밀을 숨기며 자르려고
우리는 항문 괄약근에 혈압이 터지도록 힘을 준다.

오동나무 꽃 편지

저 오동나무 꽃 편지
가파른 비탈에 선 오동나무가 무수히 보랏빛 편지를 피웠다.
오동나무 뿌리 무덤에 닿아 아버지가 보낸 기별일진데
친근하게 바라볼 뿐
멀지 않아 뚝뚝 져서 비탈을 수놓다가 길바닥까지 굴러올
저 오동나무 꽃 문장 쉽게 읽을 수 없다.
저 꽃 문장에서 말똥 냄새나는 것 같아 평시의 아버지 꿈
북벌의 말 달리자라는 오래된 말씀 같다.

보랏빛 저 오래된 말씀, 꽃으로 온 말씀, 비탈까지 기어오른 말씀
오동나무 꽃 어법을 모르지만 가만히 바라보면 의미가 닿는 말씀

아버지 말씀, 보랏빛 오동나무 꽃으로 피어나면 내가 말먹이라는 재촉
대초원을 찾아 편자를 갈아주고 방목해 갓 돋는 풀로 말을 살찌우라는 말씀
때 되면 살찐 말로 천군만마를 이루어 북벌의 말 달리라

는 말씀

오독인지 몰라도 내 나름대로 풀어가는 오동나무 꽃 편지

아직도 우리의 풀꽃, 우리의 새가 울고, 우리의 하늘이 흐르고

우리의 강물이 출렁이는 고구려 옛 땅이나 발해의 수복을 위해

말 달리라는 육탈한 아버지의 꼿꼿한 뼈대로 써 보냈을 저 꽃 편지

내가 읽든 안 읽든 저 아찔한 벼랑 위에 세우신 아버지 말씀

소인도 찍지 않고 봉투에도 넣지 않는 알몸으로 온 편지

다 읽었는지 못 읽었는지 따지지 않고

때 되면 오동나무 꽃으로 뚝뚝 질 깔끔한 오동나무 꽃 편지

내가 가파른 비탈을 올라 오동나무 키를 맞추고 섰을 때야

오동 오동 하면 읽을 수 있을 것 같은 저 오동나무 꽃 편지

굴러떨어질까 아찔아찔한 순간이 올 때마다 깨달음처럼

조금씩 읽을 수 있을 것 같은 오동나무가 송이송이 매단 저 보랏빛 문장

봄밤을 보랏빛으로 물들이다가 하나둘 꺼져갈 저 환한 꽃등 편지

아버지가 가까스로 세월의 비탈에도 수복의 깃발처럼 세워주신 말씀
바람에 나부끼는 저 무수한 보랏빛 꽃 문장, 보랏빛 말씀
깎아지른 비탈보다 더 깎아지른 아버지 말씀

첫과 끝

첫과 끝 나에게도 내 몸의 첫인 손가락과 끝인 발가락이 있다.

나는 그러니 첫과 끝의 합작품이다.
나의 첫인 손을 내밀었다가 그 끝인 발로 이별하기도 했다.

이 수족으로 나는 한 여자에게 첫 남자와 끝 남자이기를 꿈꿨다.

나의 첫과 끝으로 사랑을 찾아가 내 사랑의 첫과 끝을 어루만졌다.
너도 너의 첫과 끝으로 나의 첫과 끝이 되곤 했다.

그 첫과 끝이 있기에 우리는 부둥켜 안고 전율하고 눈물이 났다.
너는 너의 첫을 내게 주므로 나의 끝이기를 바랐다.

너의 첫 키스, 첫날밤, 첫 요리, 첫 꽃을 주어 나의 끝이기를 바랐다.

다가갈수록 자초지종인 듯 내게 주는 너의 첫

그 첫이 너의 끝으로 나의 첫으로 이어가는 징검다리인 줄 안다.

리얼한 TV

리얼한 TV를 보면 슬퍼, 아내의 감시를 의뢰하면, 아내는 대부분 바람을 피워, 대부분 어린 남자와, 돈도 주고, 심지어 차까지 사주는, 그런데 아내도 남편의 감시를 의뢰해, 그러면 남편도 그 누군가와 바람을 피워, 불륜을 데리고 술집도 가고 모텔도 가고, 리얼한 TV를 보면 슬퍼, 어디나 바람 난 세상, 뒤죽박죽인 관계, 어떤 경우는 아내와 이혼하려, 어린 남자를 아내에게 접근시켜, 간통으로 몰아가는 남편이 무서워, 남편의 계략에 쉽게 넘어간 아내도 허무맹랑해, 리얼한 TV를 보면 리얼해, 과감한 애정 표현, 늦은 술집이 있어, 모텔이 있어, 카섹스가 있어, 저 숱한 내연의 관계들, 리얼한 TV를 보면 늘 리얼해, 콩가루 나라, 콩가루 집안이 보여, 리얼한 TV를 보면 늘 슬퍼, 저 숱한 외도들, 저 망가진 모습들, 저 숱한 스캔들, 우리의 자화상이 있는 리얼한 TV를 보면 늘 슬퍼, 우습도록 슬퍼, 리얼한 TV를 보면 정말 리얼해, 리얼한 TV를 보는 나도 참 리얼해

사랑의 맥락, 꺾을 수 없는 똥고집, 그리고 시인이란 짐승 한 마리

강미란

1. 막무가내인 사람

다섯 번째 시집에서는 그간의 시집을 살펴보고 지금의 시집을 말하여야 한 단락을 짓는다는 생각이다. 시를 살피기 전에 일단 인간 김왕노에 대해 살피는 것이 그의 시를 이해하는 데에 도움이 될 것이다. 김왕노 시인은 일단 고집이 센 사람이다. 날마다 6키로나 10키로를 꼬박꼬박 뛰고 새벽이면 어김없이 책상에 앉아 시를 쓴다. 그의 강함은 어떤 다른 것에서부터 나오는 것이 아니다. 단순한 고집이다. 하겠다면 물불을 가리지 않고 사력을 다해 매달리는 초인적인 힘, 크나큰 의미나 목적을 위함이 아닌 단순히 해야 한다는, 하지 않으면 안 된다는 고집에서 나온다. 운동과 시에 초점이 맞춰져 있는 단조로운 생활이 여유가 없어 보이고 재미없어 보여도 뭐가 그리 즐거운지 늘 혼자 명랑하고 즐겁다. 지방 행사에 가도 볼일만 끝나면 득달같이 집으로 돌아오는 그는 더욱 답답해 보인다. 그곳에서 만난 좋은 사람들 이야기를 쏟아놓기에 그리 좋은 사람들과 시간을 좀 보내지 하면 본인도 그것이 안타까운 일이라하고도 돌아오기를 반복한다. 어쩌면 철저히 이기적인 생활이 아닐까라는 생각이 든다.

그의 시의 모태는 사랑이다. 대학 다닐 때부터 편지를 잘 썼던 그이기에, 그의 시는 여전히 그의 편지의 연장선상에 있다는 생각이 든다. 글로 사람을 사로잡고 사람을 움직일 수 있는 사람이고 강한 사람이지만, 여리고 섬세한 구석이 많아 그것이 그의 시의 바탕이자 개성을 만든다. 고향이 바닷가여서 바다의 양면성, 광란하는 바다와 순풍이 부는 잔잔한 바다가 그의 시 리듬이 되고 이미지가 되고 내재율이 되어, 바다가 늘 그의 생각의 중심이 되어 늘 바다에 매달려 대지가 아닌, 바다의 모성에 굶주려 바다를 동경하며 산다. 만약 그가 가출했다면 바닷가 어느 포구서 바다와 마주 앉아 바다와 함께 저물어가고 있을 것이다.

그의 시는 때론 울분으로 때론 외로움으로 가득 차 있다. 의리와 주먹으로 한때를 살았던 그이기에 그가 꿈꾸는 세상이 오지 않아 느끼는 절망에서 시가 나오는 것으로 보인다. 정의롭지 못한 사람들이 기득권을 가지는 세상에 대한 불만도 가득해 불의를 묵인하지 않고 단죄의 칼날을 시로 새파랗게 세우기도 한다. 어릴 때 운동과 공부 그림에 능했던 그는 그가 시에 미쳐서 시에 쏟는 열정이라면 무엇도 이룰 수 있었으리라고 말한다. 나는 그의 말에 공감한다. 늘 야생의 냄새를 풍기고 수컷의 냄새를 풍기는 그의 시는 강한 듯도 하면서 어느 면에서 약한 부분이 있다. 김왕노는 힘을 과시하면서 한편으로 동정을 얻는, 하강과 상승의 효과를 동시에 얻는 장점을 가진 시인이다. 늘 허기져 있는 짐승 한 마리, 시인 한 마리 보는 것 같은 것도 세상을 향해 채우지 못한 욕구, 판을 갈 듯 세상을 갈아엎어버리지 못한 욕망 때문일 것이다. 그를 작품이나 작가로 살펴보려면 그의 초기 시집에서 오늘의 다섯 번째 시집까지 순차적으로 모든 시집을 살펴보는 것이 좋으리라는 생각이 든다.

2. 첫 번째 『슬픔도 진화한다』 그리고 두 번째 『말 달리자 아버지』

금동철은 김왕노 시인의 첫 시집『슬픔도 진화한다』에 대해 "그의 시에서 현대의 삶이란 우울과 죽음이 지배하는 시간들에 불과하지만, 그 속에서 찾아내는 여성성 혹은 모성성으로의 회귀는 자아를 억압하는 부정의 현실 속에서 그대로 주저앉아 있을 수만 없는 시인이 적극적으로 찾아 나선 문"이라고 하였다.

홍용희 평론가는 그의 첫 시집 평에서 "김왕노의 시 세계에는 리듬의 주술이 표 나게 꿈틀거리며 생동하는 면모를 감지할 수 있다. 주로 통사구조의 반복으로 나타나는 리듬이 시의 이미지와 의미를 심화시키고 독자들의 호흡을 시의 심연 속으로 함몰시키는 역할을 수행하고 있다." 라고 했다.

> 나는 사람과 어울리려 사람을 사칭하였고
>
> 나는 꽃과 어울리려 꽃을 사칭하였고
>
> 나는 바람처럼 살려고 바람을 사칭하였고
>
> 나는 늘 사철나무 같은 청춘이라며 사철나무를 사칭하였고
>
> 차라리 죽음을 사칭하여야 마땅할
>
> —「사칭」, 『슬픔도 진화한다』 부분

또한 홍용희 평론가는 그의 시집 『슬픔도 진화한다』에 수록된 첫 번째 작품인 「사칭」을 언급하며 "위의 시편은 '사칭'의 이미지가 리듬의 물결을 타고 반복적으로 재생산되고 있다. 이것은 물론 통사구조의 반복을 통한 리듬이 '사칭'의 이미지를 광물처럼 강렬하고 견고하게 창조하고 있다고도 할 수 있다. 반복되는 리듬이 '사람', '꽃', '바람', '사철나무' 등등을 불러모아 '사칭'의 시적 의미를 확장시키고 있다. 리듬의 자연적 흐름이 시적 창조의 원리로 작용하고 있는 구체적인 사례를 보여준다."고 말하고 있으며 "김왕노의 시 세계에서 '위독'에 이르는 어둠과 하강의 성향은 결국 새로운 삶의

정수를 구현하기 위한 역동적인 과정으로 이해된다. 이것은 달리 표현하면, 그의 시에서 리듬의 주술이 쓰러지고 버려지는 무거움에서 상승하고 생동하는 가벼움을 지향하고 있는 것으로 해석된다. 실제로, 그의 시 세계가 앞으로 '붉은 연쇄반응'의 마법적 리듬의 다비식을 거쳐 '사리같이 여물어 단단한' 리듬으로 재생되길 바란다. 이때 그의 시의 남다른 특장인 시적 리듬의 파동 역시 생명의 화음으로 확장될 수 있을 것이다. 물론, 여기에서의 생명의 화음은 어둠을 머금고 있기 때문에 더욱 깊고 유현할 수 있을 것이다." 고 말하며 "주술적 반응과 리듬의 연쇄반응으로 그의 시가 이뤄졌으며 그의 내면이 대상에 대한 그리움과 기다림의 수축과 이완을 통해 파노라마처럼 펼쳐져 있는 것으로 보아도 무방하다." 라고 했다.

그의 두 번째 시집 『말 달리자 아버지』는 박인환문학상을 받는 원동력이 되었고 문화관광부 지정 우수도서도 되었다. 유성호 평론가는 "특유의 남성적인 힘과 역사의식을 바탕으로 자신의 세계를 열어놓고 있으며 이번 시집에서 그는 몸으로 쓰는 시가 무엇인지 유감없이 보여준다." 라고 했다. 그는 "그의 시에서 느껴지는 생생함은 머릿속 생각만으로는 얻어질 수 없는, 현장 속에서 몸을 부딪치지 않고서는 얻을 수 없는 것들이다. 이번 시집의 특징은 시간성이 두드러지게 나타난다는 것이다. 시집 속에서 과거, 현재, 미래라는 시간들은 서로를 채찍질하며 또 서로를 용서하는 모습을 보인다. 이런 관계는 종종 부모와 나 그리고 아들로 이어지는 가족사의 모습으로 비유되기도 한다. 이들은 종종 지독한 아픔 때문에 위독해 보인다. 그러나 위독함은 그들을 정신의 가장 본연적인 곳에 닿게 하는 기재로 작용하기도 한다." 라고 하였다.

박인환문학상 심사위원이었던 조정권 시인도 "시인이 살고 있는 정신의 처소는 어디일까? '멀리서 그대 위독이란 짐승이 되어 누워 있습니다.' 라는 시구가 암시하듯 그곳은 매우 위독한 곳이다. 「위독」은 그것이 비록 추상적 암흑의 세계라 하더라도 그 속에서 용기를 일으키는 허무의 거센 물길이 원초적 상상력과 조우하면서 웅대하게 내면화되고 안으로 굽이치는 남성적 육성을 획득한 작품"이라고 극찬했다. 아울러 "대륙적 상상력으로까지 확대시켜나간 점이 아주 든든해 보였다. 눌함訥喊이 절규로 뻗어 있다. 감마선같이 휘감는 광폭한 에스프리로 우리 시대를 감전시키는 송전탑 같은 힘이! 그 육성에 깃들어 있다." 라고 그의 시를 평했다. 고통스런 과거의 경험과 연륜을 지니고 있는 그는 결코 현실 앞에서 쓰러지지 않는다. 그리하여 그는 시집의 표제작이기도 한 「말달리자 아버지」에서 "아직 절망에게 무릎 굽힐 수 없"으니 "아버지 나를 타고 말달리자" 라고 외친다. 그의 목소리에는 강력한 힘이 느껴진다. 누구나 그 외침을 들으면 그냥 주저앉아 있지 못할 것이다. 그는 첫 번째 두 번째 시에서도 견딜 수 없는 세상과 힘을 씨줄과 날줄로 엮어 시를 써내고 있다.

3. 세 번째 『사랑, 그 백 년에 대하여』 네 번째 『그리운 파란만장』

어쩌면 생목소리에 가까운 그의 시는 세 번째 시집 『사랑, 그 백 년에 대하여』를 세상에 내놓는다. 김석준 평론가는 그의 시를 "사랑의 빈 지대를 가로지르는 알레고리와 리비도의 이중주"라고 했으며 "시인 김왕노는 사랑의 사자다. 시인에게 사랑은 '자유의 결'이고, '영혼의 청정지역'이자, '푸른 아지트'(「아나키스트」 중)이다. 하여 사랑은 어느 누구나 향유할 수 있지만, 그 어느 누구에게도 소속되어 있지 않다. 사랑은 사랑을 사랑하는 자의 몫이다. 사랑하고 사랑받으면서 사랑하고픈, 그것이 바로 『사랑, 그 백 년에 대하여』의 정체이자, 시인 김왕노가 말하고 싶은 사랑의 실체이다. 이를테면 꽃으로 표상되는 사랑은 그 형식을 불문하고 "정부"이자, "전부"이라고 언표하고 있기는 하지만, 하여 시인의 사랑의 정체가 요나콤플렉스와 극렬한 사랑의 지대를 왕래하고 있기도 하지만, 김왕노 시인은 아나키스적 사랑을 하는 것이 아니라, 사랑 그 자체가 아나키스트라고 선언하고 있는지도 모른다. 왜냐하면 사랑은 그 어느 누구에게도 소속될 수 없는 아나키스트이기 때문이다." 라고 말한다. 정진규 시인도 『사랑, 그 백 년에 대하여』 시집을 통해 김왕노 시인을 이렇게 평가하고 있다. "김왕노를 다시 발견한다. 이 놀라운 발견을, 우리 시사에 보태는 충만의 기쁨을 오랜만에 누린다. 그만큼 김왕노는 이번 시집에서 그간의 사유적 과잉이 빚은 다변을

균정감 있는 정제를 거쳐 투명한 표현의 질서를 얻어내고 있으며 시의 서정적 본질을 탈환하고 있다. 특히 요즈음의 우리 시가 지나치게 방만한 탈脫 집단성, 탈 사회성으로 이른바 초월적 영역을 확대해오던 나머지 폐쇄성과 빈곤성을 노출하고 있는 남루한 국면을 극복하고 있다. 회통會通의 가편佳篇들을 산출해내고 있다. 이러한 창조적 균열의 감행은 '사랑'의 보법步法, 그만의 주법奏法으로 새로운 리듬의 레일을 깔고 있다. 사랑의 극한 정서가 지니는 비의적秘儀的 질감을 지닌 기차를 타고 우리는 그 레일 위를 아득히 달릴 수가 있다. 그 사랑의 보법과 변주는 관습화된 동일성 추구의 미학도 아니요, 단순한 낭만적 구조의 사랑 타령도 물론 아니다. '조붓한' 근원적 삶의 원시적 충동이 지니는 순정함과 그 비애의 태소泰素, 진원眞元을 천착하는 진정성을 잃지 않고 있다. 놀라운 것은 앞서 지적한 그 다변성을 심미적 환각을 동반하는 존재론적 심층 탐색으로 확장 구축하고 있는 화법이다. 「내 생의 북쪽」「라산스카」 등 같은 가계家系의 여러 시편들이 지닌 세계에 이르면 서사적 충동의 시적 상승 승화가 긴밀하게 다가온다. 극단적 서정의 레일을 타고 비애와 절망이 역설적 희망의 세계로 자리바꿈 된다.

그는 우리 시의 무정부주의자다. 아나키스트다. 우리 시의 영역을 계속 확장해 가리라 믿는다. 계속 사랑의 '궤나'를 불면서 그는 치열할 것이다. 라 말하고 있다. 이번에 낸 김왕노 시집 『사랑, 그 백 년에 대하여』가 우리 문단에 시단에 대중에게 많은 반향을 불러일으킴을 미리 예감케 하고 있다.

정강이뼈로 만든 악기가 있다고 한다.
사랑하는 사람이 죽으면 그 정강이뼈로 만든 악기

그리워질 때면 그립다고 부는 궤나
그리움보다 더 깊고 길게 부는 궤나
들판의 노을을 붉게 흩어 놓는 궤나 소리
집으로 돌아가지 못한 짐승들을 울게 하는 소리

오늘은 이 거리를 가는데 종일 정강이뼈가 아파
전생에 두고 온 누가
전생에 두고 온 내 정강이뼈를 불고 있나 보다
그립다 그립다고 종일 불고 있나 보다

—「궤나」 전문

위 시나 모든 것을 통해 그가 왜 시인으로 시로 사랑받는지를 알 수 있다. 그의 시에는 삶의 격렬함이 시의 치열함이 사랑에 대한 성실함이 밀도 있게 파노라마로 펼쳐져 있다. 시집을 펼치면 적 같은 시에 참혹한 시에 때로는 습자지같이 섬세한 시에 흥분될 수밖에 없을 것이다. 강한 흡인력을 가진 시가 세상의 모든 어둠을 빨아들이고 새벽 같은 날을 불러오리라 기대해본다." 라고 하였다.

그리고 네 번째 시집 『그리운 파란만장』은 세종문학도서

우수시집으로 뽑혔으며 회고의 시이자 회귀를 꿈꾸는 그의 내면을 적나라하게 보여주고 있다. 우대식 시인은 "김왕노 시인은 전향을 모르는 사랑 추구자"라면서 다음과 같이 말하기도 한다. "이번 시집에서도 여전히 확인할 수 있었던 것은 사랑의 기원과 소멸에 대한 열렬한 추적이었다. 성적인 알레고리를 전면에 배치하고 이토록 지속적이고 열렬하게 부른 사랑의 노래는 전례를 찾아보기 힘들 것이라는 데 생각이 미치기도 하였다. 이 발문은 사랑의 기원과 소멸에 대한 그의 열렬한 추적에 동참하는 데 불과하다는 것을 미리 밝혀놓는다." 라고 말하였다. 그의 시는 어쩌면 오지 않는 세상이나 여인, 세월에 대한 아쉬움과 끝없이 불러대는 병적이리만큼 강한 집착일 것이다. 그가 부르짖으면 찾는 세상이 오든 말든 그는 멈추지 않을 것이다. 그는 자신을 자신이 바라는 것에 자신을 던져버리는 버릇이 있는 것이다.

> 내 말이란 저 바다 위에 점점이 떠 있는 섬입니다. 그대에게 다가가지 못하는 섬입니다. 당신은 섬의 어법도 모르고 내 어법도 모르고 나도 당신의 어법을 모릅니다. 당신의 주소도 모릅니다. 내 마음도 저 바다 위에 뚝뚝 지는 동백 꽃잎 같은 것입니다. 당신은 동백의 어법도 모르고 동백 꽃잎을 싣고 먼 당신을 찾아갈 물결의 어법도 모릅니다. 동백 꽃잎을 대하고 속삭일 당신의 어법을 나도 모릅니다. 하나 당신의 어법에 익숙해 질 때까지 나는 저 바다 위에 떠 있는 섬입니다. 수없이 몰아쳐 오는 태풍에 동백 꽃잎 같은 그리움

만 뚝뚝 떨어뜨리며 내 어법에 당신이 익숙해 질 때까지 저물
지 않는 섬입니다. 비록 내가 당신을 향해 가진 사랑이란 들
쑥날쑥한 리아스식 사랑이지만 우리의 모국어, 사랑의 어법
에 우리의 입술이 물들 때까지 난 점점이 떠 있는 섬입니다.

—「리아스식 사랑」 전문

김왕노 시인은 사랑을 찾아가는 사자이고 짐승 한 마리가 맞다. 시인이란 짐승 한 마리가 맞다. 그러나 영리한 짐승 한 마리이다. 단숨에 달려들어 사랑의 숨통을 물어뜯는 것이 아니라 때로는 점점이 떠 있는 섬으로 가장한다. 먼 거리에 두고 있으므로 다가가기보다는 때로는 다가오기를 기다리는 반작용을 기다리는 간악한 사랑의 짐승 한 마리이기도 하다.

4. 수성의 시, 여성성의 시, 꽃의 시, 별의 시로 채워진 이번에 내는 다섯 번째 시집

그러면 그가 추구하는 사랑의 맥락, 그 꺾을 수 없는 똥고집, 그리고 시인이라 짐승 한 마리로서의 특성이 시집명에서 어떻게 나타나는가를 살펴보기로 한다. 그의 소재로 많이 나타나는 여성성이 이번 시집에 어떻게 나타나는가를 살펴보는 것도 흥미로울 것이다. 그는 그 여자, 물고기 여자와의 사랑, 나의 꽃들, 격렬한 사랑도 없이 사랑은 가고, 없는 사랑에 대한 에스프리, 방언하는 여자 등을 통해 끝없

이 모성애를 느끼면서 사랑의 사자로 다가간다. 이번 시집에서 나타나는 목포 그 여자도 그 맥락에서 벗어나지 못했음을 보여주고 있으나 현실 쪽으로 천착해가고 구체화되는 것을 보여주고 있다.

삼학도 바다 깊이 사공의 뱃노래
스며드는가 물었다.
스며들어 파래로 일렁인다 했다.
유달산 동백이 피느냐고 물었다.
영산포에 밀물 차오르면
기다렸다는 듯 핀다고 했다.
해조곡을 아느냐고 물었다.
궂은 날 빈대떡 부쳐놓고
썰물처럼 떠난 사내 그리워
젓가락 장단으로 가끔 부른다 했다.
목포 그 여자 알았을까.
사공의 노래처럼
그 여자 깊이 스며들려던 나를

목포 그 여자 과연 알기나 했을까
그 여자 깊이 내리고 싶던 닻을
죄 많은 내 정박의 꿈을

—「목포 그 여자」 전문

그의 시 대표 시 중 하나인 「그 여자」의 시어인 덕적도, 새, 바다자락, 가시나무새, 한 끼의 밥, 살 조개, 저녁, 쌀뜨물, 물굽이, 푸른 별, 발목, 무릎, 여자의 가슴, 닻, 죄, 정박, 꿈은 그의 시를 객관화시키면서 서정으로 이끌어가는 키 역할을 한다. 물질과 비물질이 공존하는 세상에서 시는 이미지를 결합시키거나 분리시키고 꿈의 수축과 이완으로 생명력을 펌프질해서 물질과 비물질이 이룬 세상의 아름다움을 증폭시키는 것이다. 구체적으로 말하면 그의 시는 수성의 시이고 여성성이 묻어나는 시, 꽃의 시, 별의 시라 할 수 있다. 그는 끝없이 꽃이라 불리는 여자, 생명의 본질인 여자에게 모성을 느끼고 그의 영혼을 녹이는 감청을 듣기 위해 시를 쓴다. 시가 바로 그의 영혼이고 몸이고 생명의 절구질인 것이다. 때로는 별 징검다리를 밟아 억겁을 건너 여자를 찾아 나서려 창문을 열어젖히는 시인이다. 끝없이 질척이는 사랑의 입구를 찾아간다고 목숨도 몇 켤레 갈아 신을 시인이다. 영원한 그의 노스탤지어를 여자에게 느끼는 시인이다. 목포라는 위의 시에서는 구체적인 지명과 목포의 눈물 가사가 구체화되어 나타난다. 허공에 나타난 개념으로만 존재했던 여자를 현실에서 찾는다는 것은 그도 이제 그만큼 외로워졌거나 결국 시가 추상의 대상이 아닌 현실의 대상을 노래함으로 생명력을 가진다는 것을 깨달았을 것이다. 여자가 창조의 근원이고 새로움의 근원이라는 것을, 여자 속으로 함몰되어가야 남자로 다시 부활한다는 탄생한다는 것을 시로 잘 나타내고 있다. 그의 시에서 자주 나타나는 그 여자나 그녀는 그가 동경하는 세상의 상징물과 같은 것이다. 그가 꿈꾸는 이상향을 여자로 대체해 나타내므로 더욱 절실해지는, 더욱 견딜 수 없는 그리움으로 강하게 표출되는 것이다. 누구나 여자를 노래할 수 있으나 그것이 시가 되는 것도 그리 만만하지 않고, 또 시가 되었다 해도 여자를 주제로 하면 자칫 넋두리가 되거나 감정만 끓어올라 유치하게 끝나는 경우가 많다. 그러나 그는 여자에게 감정이입이 되기 전 몇 발자국 물러나 여자를 바라보는 객관적 시선을 통해 오히려 여자의 내면으로 들어가는 사랑의 마법을 보여준다. 한 마디 한 마디 물으면서 한 발 한 발 다가가는 사랑에 대한 정성, 여자도 눈치 채지 못하게 여자 깊이 정박의 닻을 내리는 능숙함, 여자를 꿰뚫어보는 혜안이 있다. 우주가 요철, 구멍과 기둥의 조화로 이루어져 있고 직선과 곡선의 교차로 이끌어지듯이, 그는 때로는 기둥으로 때로는 직선으로 남성성을 과시하면서 여자의 먼발치에서 외로움을 가장하고 있다.

첫과 끝 나에게도 내 몸의 첫인 손가락과 끝인 발가락
이 있다.

나는 그러니 첫과 끝의 합작품이다.
나의 첫인 손을 내밀었다가 그 끝인 발로 이별하기도 했다.

이 수족으로 나는 한 여자에게 첫 남자와 끝 남자이기

를 꿈꿨다.

나의 첫과 끝으로 사랑을 찾아가 내 사랑의 첫과 끝을 어루만졌다.

너도 너의 첫과 끝으로 나의 첫과 끝이 되곤 했다.

그 첫과 끝이 있기에 우리는 부둥켜안고 전율하고 눈물이 났다.

너는 너의 첫을 내게 주므로 나의 끝이기를 바랐다.

너의 첫 키스, 첫 날 밤, 첫 요리, 첫 꽃을 주어 나의 끝이기를 바랐다.

다가갈수록 자초지종인 듯 내게 주는 너의 첫

그 첫이 너의 끝으로 나의 첫으로 이어가는 징검다리인 줄 안다.

—「첫과 끝」 전문

여자와 남자의 마음을 단적으로 잘 나타내는 그의 시다. 끝이든 첫 이든지 남녀는 합일을 통해 하나의 꿈을 이룬다. 김왕노 시인이 상징화하고자 하는 우주가 여자일 것이다. 그의 생 출발점이자 종착지인 우주, 끝이 곧 첫이고 끝이 곧 첫인 우주의 순리를 나타내려는 것이다. 김왕노 시인의 근원적 허기, 즉 배고픔은 여기에 출발점이 있다고 생각된다. 끝으로 가므로 처음이 되고 처음이 되므로 끝으로 가는 불멸에 대한 희구가 적나라하게 여자를 통해 표출된다. 그의 열망이, 세상 모든 것은 끝이 아니라 시작이기를 바라는 죽음에 대한 두려움이 곧 여성성의 시로 모성애의 회귀로 나타난다. 여자만이 불멸하리라 믿고 여자에게 몰입하므로 자신의 남성성이 거세되고 여자로 나타나고 싶은 꿈이, 우주화 되고 싶은 희망이 그의 시로 나타나는 것이다. 그리고 그는 영원히 무정부주의자일 것이다. 아나키스트일 것이다. 만약 정부가 세워진다면 그것은 인간성이 말살된, 인간이 매도되는, 인간성이 실종된 그런 정부가 아니라 풀꽃과 구름, 강물과 안개와 같이 가볍고 욕망이 없는 것이 세운 순진무구의 정부일 것이다. 그의 시에서 때때로 그가 살아오면서 질려버린 세월에 대한 강한 반감이 바지가 닳아 삐져나오는 무릎처럼 삐져나오는 것이다. 그가 쓴『그리운 파란만장』이라는 네 번째 시집의 제목이 그러하듯이 파란만장을 통해 그가 얻은 것이 그리움과 절망일 것이다. 그러나 끝내 아나키스트를 꿈꾸는 것은 이미 흐르기 시작한 모반의 피를 스스로 거스르지 못하기 때문일 것이다. 그가 요원하다고 믿는 순진무구의 정부는 먼 것이 아니라 바로 곁에 서성이는 여자, 그의 머리를 쓰다듬어주고 위로해 주는 여자일 것이다.

공장에서 돌아온 동생의 옷에서 기름 냄새가 났다.
종일 기계를 닦고 조이고 해도 늘 헐거워지고

녹슬어 가는 동생의 꿈을 위해
겨울이라 손에 쩍쩍 달라붙는 몽키와 스패너로
오늘도 얼마나 이 악물고 닦고 조였을까.

편서풍이 아닌 바람이 사람을 헷갈리게 했다면서
퇴근하는 길에 갑자기 분 바람에 자전거 핸들이 꺾여
공장대로에 내동댕이쳐질 뻔 했다면서
안도하는 동생의 말에도 기름 냄새가 났다.
일거리가 없어 야근도 줄어 살길 막막하다는 말에도 났다.
피곤을 푸는 것은 잠이 제일이라며
서둘러 불을 끈 자취집의 하늘로 늦은 철새가 날고

잠들어도 동생의 몸에서 피어나는 기름 냄새는
겨울에도 지지 않는 증오의 이파리 이파리였다.
자취방을 가득 채우고 밤새 서걱대는 증오의 이파리였다.

—「겨울 둥지」 전문

살면 살수록 증오가 생기는 사회일 수 있다. 그는 동생을 시에서 설정하여 이 시대에 대한 불만과 증오를 간접적으로 나타내고 있다. 노동자로 상징되는 몽키와 스패너를 통해, 기름 냄새를 통해 아직도 배분이 정당하게 이루어지지 않는 세상을 고발하고 있다. 살면 살수록 살 속까지 베어드는 노동자의 가난함을 기름 냄새로 극대화시키고 클로즈업 시켜 보여준다. 둥지란 날개를 얻는 장소이자 알이란 꿈을 낳아 부화하는 곳이다. 그곳에 깃든 동생의 삶이란 날개를 얻을 수도 없고 부화할 꿈마저 없는 현실만 적나라하게 펼쳐져 있다. 둥지를 차고 올라 더 큰 하늘을 향해 비상할 수 없는 현실을 보여준다. 자본주의의 병폐이자 치부를 겨울 둥지를 통해 보여준다. 동생이란 존재가 지워진 빈 둥지의 겨울 풍경을 보여준다.

끝으로 어느 시인과 마찬가지로 그의 시는 평범하지 않다. 독특하다. 그는 세상을 많이 경험한 시인이다. 그러므로 그의 시가 늘 주목의 대상이 되고 사랑받아 온 것이다. 이번 시집도 세상에 어떤 반향을 불러일으키리라 본다. 그가 가진 감수성은 누구에게나 부러움의 대상이 될 것이다. 처음 그가 시인이 되었을 때 주위에서 천재성이 번뜩인다는 말을 들었다. 하지만 본격적인 시인의 길로 나선 후 그 앞에 펼쳐진 세상이 동경했던 세계가 아니라며 한동안 시인의 길을 접었다. 테니스, 마라톤, 축구 등 운동에 미쳤던, 시와 등진 시기가 아쉽다. 딱 10년 정도 접었던 시의 길을 다시 가면서 그가 한 말이 지금도 뇌리를 스친다. 스포츠를 통해 얻는 성취감보다는 시를 통해 얻는 성취감이 더 크다는 말을.